Les combattantes

ADELINE FLEURY

Les combattantes

ROMAN

J'AI LU

D'après la série *Les Combattantes*
créée par Cécile Lorne et Camille Treiner,
avec la collaboration d'Alexandre Laurent,
coécrite avec José Caltagirone, Iris Ducorps, Sophie Hiet
et Hélène Le Gal.

PROLOGUE

Août 1901

Elles regardent le ciel. C'est une nuit à étoiles filantes. Allongées dans l'herbe au pied du Sacré-Cœur, elles se tiennent la main. Elles savourent le silence, c'est si rare et précieux. Leurs nuits sont trop souvent accompagnées de cris, de rires gras et de violence. Elles ne connaissent que ça depuis des années, les mains maladroites des hommes, leurs corps lourds, flasques, poilus, leurs peaux granuleuses, leur sueur, leurs odeurs. Ce sont des filles de joie, mais dans leur métier elles ne voient que dégoût et tristesse. La vie ne les a pas épargnées. Ce sont des femmes, et depuis qu'elles sont enfants elles savent qu'elles vont en baver deux fois plus que les hommes. Elles serrent les dents, elles avancent dans l'adversité, les épaules déployées et la poitrine en avant. Elles sont fortes, elles sont des combattantes.

Ce soir, c'est leur anniversaire, elles ont vingt-cinq et vingt-trois ans. Elles sont nées le même jour, à deux ans d'intervalle. Mais elles sont comme des jumelles de cœur. Elles ont mis un an avant de découvrir cette incroyable coïncidence. Avant de le savoir, elles s'étaient toujours senties proches, unies par un lien qu'elles ne savaient pas définir. Elles sont pourtant différentes, Marguerite, aussi flamboyante que forte tête, Caroline, aussi calme que réservée. Elles se complètent et forment un duo équilibré. La grande rousse voluptueuse et la petite brune pétillante.

Lorsque Caroline avait vu débarquer Marguerite à la maison close, elle faisait déjà si femme, alors qu'elle n'avait même pas dix-sept ans. Elle avait tout de suite été attirée par son charisme, sa beauté époustouflante, son port de tête altier et ses manières nobles. Marguerite était différente des autres filles du bordel, elle avait un langage soutenu, elle était cultivée, rien à voir avec la gouaille populaire et l'ignorance de la plupart des prostituées que Caroline fréquentait depuis des semaines. Dans son baluchon, Marguerite avait des livres, des romans d'un certain Honoré de Balzac. Souvent, entre deux clients, Marguerite lui faisait la lecture. Elles aimaient surtout *Le Père Goriot* et *Eugénie Grandet*. C'était merveilleux. L'auteur décrivait à la perfection les us et coutumes des bourgeois du siècle qui venait de s'achever, et Caroline apprenait beaucoup sur l'âme humaine. Elle savait lire, mais elle avait du mal à se concentrer. Elle avait arrêté l'école à douze ans pour aider son père vitrier à joindre les deux bouts. À la mort de sa mère, la fillette avait dû la remplacer pour rapporter un salaire, aussi misérable soit-il, à la maison. Sa mère fabriquait des boutons de manchette pour les costumes des beaux messieurs, Caroline n'avait rien trouvé de mieux qu'un boulot de ramoneur. La plupart des « petits ramoneurs » étaient des garçons, mais la souplesse des filles incitait les patrons à rechercher de plus en plus de personnel féminin. Caroline se faufilait dans les conduits de cheminée, prenant des risques parfois inconsidérés, en ressortait la gueule noire de suie et les poumons encrassés. Elle avait fait ce sale boulot pendant trois ans, et puis le père était décédé à son tour, la boisson avait eu raison de son foie. Caroline avait pris des formes adolescentes et perdu de sa souplesse, elle avait alors dû se rabattre sur un autre travail. Parmi ses clients réguliers en tant que ramoneuse, il y avait une maison close du faubourg Montmartre. La patronne la trouvait mignonne, à plusieurs reprises elle lui avait proposé une place, prétextant qu'elle avait beaucoup trop de blondes, que les hommes réclamaient de plus en plus de brunes, des beautés plus « exotiques ». Et puis, à la maison close, elle serait logée et nourrie, un argument qui avait fini par convaincre Caroline. Elle avait appris à écarter les jambes et à fermer les yeux.

Marguerite était arrivée deux mois après elle, et la vie avait tout de suite été plus douce. Elles partageaient la même chambre sous les combles pleins de courant d'air ; en hiver, elles se blottissaient l'une contre l'autre pour se tenir chaud, et pour la tendresse aussi, parce qu'il en fallait pour encaisser les coups durs et les humiliations. Toutes deux travaillaient à un rythme effréné, elles étaient très appréciées par les clients. Elles s'échappaient mentalement pendant les passes, savaient déconnecter la tête du corps, ne rien ressentir, ni plaisir ni douleur. C'était la seule façon de tenir.

Ce soir d'été, Caroline et Marguerite ont dérobé une bouteille de champagne dans la cave de la maison close, et sont montées sur la Butte pour célébrer comme il se doit leur anniversaire. Grisées par l'ivresse, elles ont dévalé les pelouses en roulant sous « l'église à la Chantilly », c'est ainsi qu'elles ont rebaptisé le Sacré-Cœur en construction. Il ne leur reste qu'une gorgée de champagne chacune. C'est l'heure d'échanger leur cadeau, deux paquets identiques. Elles ont décidé de les ouvrir en même temps. Les jeunes femmes feignent la surprise. C'est un briquet ouvragé laqué noir et or. Elles s'étaient fait la promesse de s'en offrir un pour leur anniversaire, des briquets de « grandes dames ». Marguerite sort une cigarette, la tend à Caroline, et étrenne son cadeau. Elles s'allongent pour fumer et ne rien perdre de la course des étoiles. Elles ne savent pas de quoi l'avenir sera fait, ce n'est pas le moment d'y songer pour ne rien gâcher de cette fabuleuse soirée. Marguerite dit qu'il est temps de faire un vœu. Elles ferment les yeux, toutes deux persuadées d'avoir le même rêve. Sortir un jour de leur condition qui emprisonne leur corps et leur âme.

Première Partie

1

12 septembre 1914

Lisette a mal aux bras. La fourche est bien trop lourde pour elle. Avant, elle aimait bien faire les foins. Elle les faisait avec plaisir lorsque son père était encore là. Après avoir ramassé les œufs de la basse-cour, elle allait en chantonnant le retrouver dans le grand champ, et elle se saisissait de la fourche avec le sourire. Aujourd'hui, elle est triste et fatiguée. Elle n'a pas de nouvelles de lui depuis six semaines. Il est parti au front, répète sa mère. Avant, Lisette pensait que le front était uniquement la partie supérieure du visage. Maintenant, elle sait qu'au front on risque à tout moment de se faire exploser la caboche. Sa mère lui promet qu'il reviendra sans une seule égratignure. Lisette peine à y croire, des blessés, elle en a vu souvent au couvent. Elle y va régulièrement pour apporter du lait et du fromage aux sœurs. Depuis le début de la guerre, en août, le couvent est devenu un hôpital. Chaque fois que la petite paysanne s'y rend, elle entend les cris, elle voit le sang, les chairs suppliciées, les yeux révulsés des blessés et le regard apeuré de ceux qui repartent au combat. Elle sait que les hommes sont courageux, Lisette a grandi avec cette imagerie du héros de guerre entretenue par son grand-père, revenu en vie mais vaincu par les Allemands en 1871, mais elle a compris aussi que certains ne surpassent pas la terreur. Heureusement, les religieuses soignent les blessures et apportent beaucoup de réconfort. Une main qui caresse, une parole qui apaise, un sourire qui suscite lumière et espoir. Lisette admire les novices, ces jeunes sœurs dévouées qui apprennent un nouveau métier sur le tas, leur quotidien n'étant plus uniquement dédié à la prière. Ce sont des anges blancs. Elle ira tout à l'heure au couvent, elle espère qu'Agnès, la mère supérieure, la rassurera sur le sort de son papa. Peut-être même qu'il se repose là-bas d'une légère blessure et qu'elle va pouvoir l'embrasser bientôt. Ensuite, il reviendra à la maison pour une douce convalescence. Elle essaie de faire marcher la pensée magique. Elle lève les yeux au ciel : « Si un nuage passe devant le soleil, ça veut dire que papa est au couvent… »

— Lisette, un peu de nerf ! On a du pain sur la planche, ma fille. Faut rentrer toutes ces meules avant la fin du mois, les mettre au sec. Regarde ta grande sœur, elle ne perd pas de temps à rêvasser, elle…

— Maman, je rêvasse pas, je pense à papa…

La mère évite de croiser le regard de Lisette, elle ne veut pas lui montrer qu'elle est inquiète, qu'elle ne peut pas apporter de réponses aux questions légitimes que se pose sa fille. Lisette n'a que dix ans, et elle est déjà très mûre. C'est une bonne petite, courageuse, qui ne rechigne pas à la tâche.

Le mois dernier, elle ne s'est pas plainte une seule fois lorsqu'il a fallu labourer à mains nues, les chaînes de la charrue rentrant dans la peau, elle a encore des marques sur le ventre. Après le départ des hommes, les chevaux et les bœufs ont été réquisitionnés pour le front. Les femmes avaient dû non seulement remplacer les hommes, mais aussi les bêtes de somme. Comme la plupart des paysannes, la mère de Lisette et ses deux filles avaient répondu sans aucune hésitation à l'appel de Viviani.

« *Debout, femmes françaises, jeunes enfants, filles et fils de la patrie. Remplacez sur le champ du travail ceux qui sont sur le champ de bataille. Préparez-vous à leur montrer, demain, la terre cultivée, les récoltes rentrées, les champs ensemencés ! Il n'y a pas, dans ces heures graves, de labeur infime. Tout est grand qui sert le pays. Debout ! À l'action ! À l'œuvre ! Il y aura demain de la gloire pour tout le monde. Vive la République ! Vive la France !* »

La déclaration du président du Conseil avait été publiée le 7 août dans le journal *Le Figaro*, placardée et lue à voix haute partout dans les villages. Les femmes ne seraient plus uniquement les gardiennes des fermes, elles nourriraient la France. Des mères nourricières.

Lisette connaît par cœur l'appel de Viviani. Pour elle, l'appliquer à la lettre est une façon de combattre au côté de son papa. Elle puise son patriotisme dans l'amour qu'elle lui porte et dans l'espoir de le retrouver.

Joffre et Gallieni viennent de remporter la bataille de la Marne[1], mais les combats continuent. Et dans

1. La première bataille de la Marne, souvent identifiée comme « la bataille de la Marne », a eu lieu du 5 au 12 septembre 1914.

les montagnes et les forêts vosgiennes affluent des bataillons de soldats. La guerre n'est pas finie. Elle ne fait que commencer. Si les troupes françaises perdent le contrôle des collines et les villages comme Saint-Paulin, les Allemands auront un boulevard devant eux jusqu'à Paris. Les femmes en parlent peu au village, mais elles savent qu'il faudra attendre encore longtemps avant de voir rentrer pour de bon leurs maris et leurs fils, et beaucoup ont la douloureuse intuition qu'elles ne les reverront jamais vivants ou que, s'ils s'en sortent, ils ne seront plus jamais les mêmes.

Depuis fin août et les défaites successives dans le nord de la France, les armées françaises et britanniques battent en retraite vers Paris. À leur poursuite, les Allemands ne sont plus, le 3 septembre, qu'à une cinquantaine de kilomètres de la capitale. Le commandant en chef Joseph Joffre et le général Joseph Gallieni, gouverneur militaire de Paris, décident alors d'une contre-attaque et déplacent la 6e armée, qui défend la capitale, vers l'est entre la Marne et l'Ourcq.

2

Suzanne a du mal à respirer. Des heures maintenant qu'elle se tient recroquevillée. Des heures qu'elle n'a pas vu le jour. Paris est déjà bien loin, ainsi que sa vie d'avant. Elle a des fourmis dans les jambes, sa nuque n'est plus qu'un torticolis, ses bras sont ankylosés. Elle a l'impression qu'une pointe de fer lui rentre dans le dos. Mais elle doit rester immobile. Elle a faim, elle évite d'y penser. La camionnette ralentit. Ce doit être un barrage. Sa vie a basculé en quelques jours. La dernière intervention a mal tourné, il lui a fallu se cacher, désormais la police la recherche comme une délinquante, pire, une meurtrière. Elle n'a rien fait, elle a juste tenté d'aider une femme désespérée. Heureusement, il y a Jeanne. Elle ne la connaît pas vraiment, mais elle lui a tout de suite inspiré confiance, elle dégage une telle assurance, une force et une détermination incroyables. Quand Jeanne l'a embarquée au petit matin dans sa camionnette, elle s'est laissé faire. Elle lui a juste dit son prénom et expliqué qu'elle allait l'aider à passer en Suisse où elle pourra se faire oublier, et puis elle lui a assuré que les gendarmes auraient bientôt d'autres chats à fouetter que de la rechercher. « L'affaire » allait se tasser.

La camionnette est désormais arrêtée. Suzanne a un poids sur la poitrine. Elle distingue un rai de lumière au travers d'une fente. Elle entend la portière avant qui s'ouvre, puis des voix masculines.

— Vos papiers, Madame.

Jeanne fixe le gendarme droit dans les yeux et esquisse un sourire pour réprimer sa rage. N'ont-ils pas mieux à faire que de s'acharner sur une femme ? Pour Jeanne, l'ennemi n'est pas qu'allemand, il est tapi partout. Elle n'en est pas à sa première mission depuis le début du conflit, elle a appris à se méfier de tout le monde, des soûlards qui laissent traîner leurs oreilles, des villageoises qui cancanent au lavoir, des prêtres après l'office. Jeanne est toujours sur le qui-vive, en observation, et elle ne craint pas d'aller sur le terrain.

Le gendarme s'impatiente :

— J'ai dit : « Vos papiers, Madame ! »

Jeanne lui tend sa carte d'identité.

— Hum, Jeanne Charrier... Et où allez-vous comme ça ?

Jeanne improvise. Elle fait toujours ça, elle n'aime pas établir des scénarios à l'avance, de peur de s'emmêler les pinceaux dans le feu de l'action.

— Je vais chercher ma mère à Pont-à-Mousson, elle est malade. La zone n'est pas sûre, les Allemands sont proches, je ne veux pas qu'elle reste seule...

Le gendarme lui rend ses papiers mais fait un signe à quelqu'un, Jeanne jette un œil dans le rétroviseur, elle ne voit personne.

— Mais vous avez un grand véhicule, qu'est-ce que vous transportez ?

— Oh, des paniers et des caisses pour ranger les affaires de ma mère, si la guerre devait s'éterniser, je veux qu'elle ne manque de rien une fois chez moi…

Suzanne transpire, son cœur se serre, l'échange entre Jeanne et le gendarme semble durer une éternité. Ne pas bouger. Elle se le répète pour ne pas flancher. Elle pense à ceux qu'elle a laissés derrière elle, elle leur écrirait une fois en Suisse. La bande du dispensaire où elle travaillait en plus de l'hôpital de la Pitié-Salpêtrière. Paul, François, Émilie… Les gars sont partis sur le front du Nord, là-haut aussi on avait besoin de jeunes médecins. Les combats sont rudes et les blessés affluent dans les hôpitaux de campagne. Il s'agit désormais d'empêcher les Allemands d'avancer vers les ports de la Manche, stratégiques pour assurer la liaison avec la Grande-Bretagne. Mais que va devenir Émilie, la jeune infirmière ? Va-t-elle prendre la relève concernant ses activités « illicites » ? Émilie l'a suivie plusieurs fois en intervention, elle lui a montré comment faire, elle se débrouillera très bien. Suzanne regrette de ne pas avoir eu le temps de lui dire au revoir, pas plus que de lui expliquer les raisons qui l'ont poussée à fuir précipitamment. Depuis Paris, elles sont suivies par un flic nommé Compoing qui veut la peau de Suzanne. S'il les arrête, elles risquent gros toutes les deux. La prison ou l'échafaud.

Pourquoi le gendarme ne laisse-t-il pas Jeanne démarrer ? Suzanne entend des pas, puis la portière arrière s'ouvrir. Jeanne regarde dans le rétroviseur, elle reconnaît Compoing. Elle n'hésite pas un seul instant. Elle appuie sur l'accélérateur et démarre en trombe. Le flic n'a d'autre choix que de lâcher la portière. Il tombe sur le sol en jurant. Jeanne fonce sur le barrage et le percute, les deux plantons se jettent sur le côté. Compoing se redresse, réajuste son imperméable, il hurle, fou de rage :

— Elles m'ont bien eu ! Fichues bonnes femmes !

Jeanne roule à vive allure sur la route tortueuse de campagne, ça secoue fort dans la camionnette, Suzanne tremble sous le choc de l'altercation. Lorsque le danger est loin, Jeanne arrête le véhicule et propose à Suzanne de sortir de sa cachette, une trappe sous les lattes de la camionnette, et de passer à l'avant du véhicule. Elle peut enfin respirer. Il faut qu'elle se calme, agir comme Jeanne qui semble garder son sang-froid en toutes circonstances. Comment fait-elle ? Elle a l'air solide comme un roc.

— Ce n'est pas le moment de flancher, on va encore rouler un peu, on quitte Saint-Paulin, on se planque dans la forêt cette nuit, et dans deux jours t'es en Suisse !

— Merci Jeanne de prendre tous ces risques pour moi. Tu es héroïque.

— Ce que tu fais pour les femmes est bien plus héroïque encore, crois-moi !

Jeanne ralentit, et le véhicule poursuit sa course dans le silence pesant de la fin d'après-midi.

3

La fumée noire se fait de plus en plus inquiétante au-dessus de la colline. Les hommes marchent comme des automates, ils ne parlent pas, le bruit de leurs bottes contre le bitume semble leur donner du courage. La fumée annonce les combats tout proches, les jeunes soldats avancent vers l'inconnu, résignés. Ils laissent derrière eux une mère, une femme, des enfants, un commerce, une exploitation agricole, un quotidien pas forcément rose, souvent rude, qui leur manque déjà. L'heure n'est pas aux sentiments, mais à l'action. Une voiture les dépasse, une Delage rouge, la plupart n'en ont jamais admiré d'aussi rutilante. À son volant, une femme à la beauté époustouflante et aux cheveux presque aussi rouges que le véhicule. Des femmes comme ça, ils n'en ont jamais vu non plus, sauf peut-être dans les magazines de mode. La conductrice de la Delage ressemble à une actrice. Serait-ce une douce hallucination avant de poursuivre leur route vers la mort ?

Marguerite observe la colonne de soldats. Ils ont l'air si jeunes dans leur uniforme bleu électrique à culotte rouge. Elle ne peut s'empêcher de penser aux mères qui vont trembler tous les jours que durera ce fichu conflit. Il n'existe pas pire inquiétude que celle d'une mère qui attend son fils, aucune de ses nuits ne sera paisible, aucune journée ne sera insouciante. Le temps de la guerre, c'est le temps de l'angoisse des mères.

Marguerite souhaite arriver à Saint-Paulin avant la nuit. Elle a été retardée à un barrage militaire, d'après ce qu'elle a compris, les gendarmes cherchent une meurtrière. Un paysan s'est fait retourner sa carriole pour voir s'il cachait quelqu'un dans sa botte de foin. Le pauvre bougre avait gueulé qu'il était un bon patriote, certainement pas du genre à aider un espion ! Le gendarme lui avait fichu la paix, mais le flic en civil, tout de noir vêtu, avait insisté pour vérifier. Puis ce fut le tour de Marguerite. Elle avait tendu ses papiers au gendarme.

— Marguerite de Lancastel… Vous venez d'où avec un nom pareil ?

— De Paris…

— Et qu'est-ce que vous venez faire ici, si près de la ligne de front ?

— Travailler, je suis sur les listes.

— Les listes ? Quelles listes ? Compoing, je ne comprends pas !

— Bernard enfin, c'est une pute[1] !

Une pute. Les hommes n'avaient que ce mot à la bouche pour parler de son métier. Marguerite avait senti tout le mépris du flic dans la façon de

1. Pour exercer, les prostituées devaient être inscrites auprès des autorités, soit dans les mairies en province ou à la Préfecture de police à Paris. Elles devaient passer des contrôles sanitaires pour éviter la transmission des maladies vénériennes telles que la syphilis.

prononcer les deux syllabes. Comme la plupart des prostituées, elle avait quitté Paris parce que le bruit courait qu'on allait les parquer dans des camps de travail comme en 1870. Et puis, le client se faisait rare. Pourtant, Marguerite a d'autres raisons d'user de ses charmes et de donner son corps : elle a un projet qu'elle veut mener à bien. Et pour réussir, elle est prête à tous les sacrifices. Son enquête a déjà bien avancé, elle n'a pas perdu de temps. Elle aussi a une guerre à mener contre son passé. Et c'est à Saint-Paulin que tout devrait se dénouer. Elle n'est plus qu'à quelques kilomètres du village lorsqu'elle remarque une fillette marchant sur le bas-côté. Marguerite ralentit, la dépasse et la regarde dans le rétroviseur.

La petite porte devant elle un haut panier qui lui cache le haut du corps et le visage. On ne voit que ses petites jambes et sa longue chevelure dépasser d'un grand chapeau. C'est dangereux de laisser une gamine seule par les temps qui courent. Marguerite coupe le moteur.

— Petite, où vas-tu comme ça ?

— Au couvent de Saint-Paulin, porter du fromage et des œufs aux sœurs...

— Allez grimpe, c'est sur mon chemin.

Lisette se méfie, la Delage et sa conductrice l'impressionnent. Sa mère lui a interdit de suivre des inconnus, mais après la matinée aux champs, elle en a plein les bottes. Ça va lui épargner un bon quart d'heure de marche. La femme rousse lui ouvre la portière, elle grimpe dans la voiture, elle n'ose pas poser son panier de peur de renverser quelque chose et de salir les sièges. Alors elle le serre contre son ventre.

— Tu t'appelles comment ?

Lisette, intimidée, lâche son prénom dans un mince filet de voix.

La fillette regarde les mains de la belle dame sur le volant, blanches, fines, les ongles impeccables. Sa mère n'a jamais les ongles propres, et les travaux à la ferme lui ont abîmé les mains. « Ce sont de vraies mains de travailleuse, ça, pas des mains de feignasse… Toi aussi tu auras les mêmes plus tard », lui répète-t-elle. Sa mère n'envisage pas un autre avenir pour Lisette. Dans la famille, les filles sont toutes fermières, elles vont à l'école jusqu'à douze ans, tout en aidant aux champs et aux soins des animaux. Lisette a d'autres projets, elle est fascinée par la bonté de mère Agnès, la supérieure du couvent, au point de vouloir tout quitter pour se consacrer à Dieu. Mais, pour le moment, elle n'en a parlé à personne, pas même à sa grande sœur. Elle connaît par cœur ses prières, les récite quand elle ramasse les foins, et tous les soirs, avant de s'endormir, elle parle à Jésus. C'est son grand secret.

4

En temps normal, il fait bon vivre au village de Saint-Paulin. En été, le soleil révélait le ton orangé des toits des maisons qui contrastait avec les pavés gris. Après les moissons, il y avait toujours une fête sur la grand-place. Le grand défouloir pour les paysans, l'occasion pour les femmes de persifler, et pour les jeunes célibataires, de sortir leurs plus belles robes et de parer leurs cheveux de fleurs des champs. Beaucoup d'entre elles perdaient leur virginité lors de la fête des moissons. Elles n'étaient pas toutes consentantes, mais elles ne se débattaient pas, pensant que les choses de l'amour se passaient ainsi, que le plaisir viendrait plus tard. Beaucoup de filles tombaient enceintes à cette occasion et donnaient naissance à ceux qu'on appelait « les bébés des moissons ».

Cette année, il n'y aura pas de bal, pas de belles robes, pas de jeunes filles en fleurs. L'estrade des musiciens a cédé sa place à des tentes de logistique, la mairie-gendarmerie a accueilli l'état-major, le couvent est devenu un hôpital. Le soleil n'embellit plus les façades et ne réchauffe plus les âmes et les cœurs. Les sourires ont disparu des visages.

Les interrogations du début du mois d'août – « la guerre, mais quelle guerre ? » –, quand le tocsin sonnait, ont cédé la place à la résignation. La guerre avait bel et bien pris ses quartiers.

Marguerite trouve une place pour se garer. Des sœurs recueillent une foule de blessés qui se masse à la grille du couvent. Elle ne peut s'empêcher de dévisager les jeunes soldats, cherchant des traits familiers sous la boue et le sang collés sur les joues. Lisette fait de même.

— Ne regarde pas, ce n'est pas un spectacle pour une petite fille...

Lisette descend de la voiture, court jusqu'à l'entrée de l'hôpital, se retourne pour saluer la belle dame. Marguerite pense « prends soin de toi, petite, les temps sont rudes », et redémarre.

Dans la cour du couvent, des blessés s'entassent dans des charrettes, les sœurs viennent les décharger pour déposer les hommes sur des brancards. Des gémissements de douleur emplissent le cloître, s'unissent dans un grand râle et montent vers le ciel comme si les hommes cherchaient déjà l'apaisement du paradis, pour ne plus retourner dans l'enfer du front.

Lisette ferme les yeux, se plonge dans les souvenirs, pour oublier la désolation du présent. Elle repense à l'abbaye au printemps dernier, lorsque les rosiers étaient en fleur, que la paix et l'insouciance régnaient sur les lieux. Lisette venait souvent aider les novices à entretenir le jardin du couvent. Des moments de bonheur, bercés par la douceur du vent. Lisette avait trouvé auprès de mère Agnès et des sœurs une deuxième famille. Ses parents, qui ne sont pas très pratiquants, acceptaient cependant ses heures passées dans la maison de Dieu. La petite fille y était entourée de femmes qui avaient de l'instruction et des valeurs, ça ne pouvait que lui être bénéfique.

Agnès ne sait plus où donner de la tête. La mère supérieure pensait que les choses allaient se calmer, mais l'afflux des blessés est incessant depuis plusieurs jours. Ses novices ont dû apprendre sur le tas le métier d'infirmière, s'improvisant mères réconfortantes pour les soldats. Le médecin-major Joseph Duvernet assisté de Bruand, le médecin du village de Saint-Paulin, les ont formées aux premiers soins, à la stérilisation des instruments, la préparation des pansements et surtout à l'écoute des malades, pour le reste elles font comme elles peuvent. Elles témoignent d'un fort dévouement. Pour le moment, Joseph leur épargne les opérations les plus délicates, mais elles savent bien que c'est provisoire, que la situation ne va pas tarder à devenir intenable. Joseph Duvernet est un brillant chirurgien. Avant la guerre, il exerçait à Nancy où il était connu pour son engagement sans faille dans son métier, et pour la précision de son bistouri. La médecine est sa priorité, il n'a pas le temps pour autre chose, il a totalement mis sa vie privée en sommeil pour se dédier à sa charge. Ses proches amis n'hésitent pas à dire que la chirurgie est sa femme.

Mère Agnès espère l'envoi de renforts de l'hôpital de Nancy. Elle tient une liste dans les mains, il faut qu'elle la remette à Joseph, chaque fois c'est difficile. Il s'agit des noms des soldats guéris, prêts à repartir au front. Elle sait que les combattants redoutent le moment où le médecin-major prononcera le leur. Même les plus héroïques craignent de retourner en première ligne.

Lisette est tétanisée, deux brancardiers foncent vers elle avec un mort. Elle est à la fois terrifiée et happée par l'image de ce corps immobile, le corps d'un homme encore un peu enfant. Elle pense à son père. Où est-il ? Lui manque-t-elle ? Va-t-il l'oublier avec le temps ? Lisette n'a jamais été éloignée de son père depuis sa naissance, pas même une seule journée. Elle a l'impression que les traits de son visage s'effacent de sa mémoire jour après jour, seul son sourire reste intact. Un large sourire plein de générosité qui éclaire le visage de ce brun ténébreux.

Lisette se précipite dans l'église cistercienne. Ici, le baroque rivalise avec le dépouillement. Lisette y admire les anges suspendus, l'autel en bois, l'orgue impressionnant. Des militaires s'activent à l'intérieur, troublant le silence qui y règne habituellement. Les soldats ont reçu l'ordre d'évacuer tous les bancs et d'installer des lits pour les nouveaux blessés. Lisette aperçoit mère Agnès en vive discussion avec le docteur Duvernet. L'homme d'une trentaine d'années, les yeux d'un bleu océan, dégage une autorité naturelle.

— Mère Agnès, je n'ai pas d'autre choix, je sais qu'ici est un lieu dédié à la prière, je m'engage à ce que l'on ne touche pas à la sacristie. Mais nous sommes dépassés par la situation, trop de blessés attendent dehors. La colline de Saint-Amand est tombée hier… C'est tout proche.

Geneviève, une toute jeune novice à la peau diaphane avec laquelle Lisette aime beaucoup discuter, a du mal à contenir sa panique.

— Mais cela veut dire que les hôpitaux ne suffisent déjà plus à prendre en charge les blessés ?

— Oui, mais surtout c'est ici que les hommes se battent, nous sommes au plus près de la ligne de front. On ne peut pas faire autrement, vous comprenez Agnès ?

— Évidemment que je vous comprends, on ne va tout de même pas laisser ces pauvres hommes mourir. Allons, Geneviève, allez prévenir les autres sœurs.

— Mais ma Mère, où va se tenir l'office ?

— La maison de Dieu est là pour ceux qui souffrent, vous pouvez compter sur nous, Docteur.

Agnès remarque enfin la présence de Lisette avec son panier de vivres.

— Ma Lisette, tu attends depuis longtemps ? Je suis désolée, il y a tant à faire.

La petite lui tend le panier.

— Lisette, vous ne pouvez plus rester là-bas, une femme et ses deux filles, à l'orée du bois, si proches des combats...

— Maman dit qu'il faut d'abord rentrer les foins.

— Ta mère est têtue, elle ne veut pas abandonner la ferme, mais c'est provisoire, je vais vous faire de la place au couvent. Toi, tu aimes être ici en plus. Vous serez plus en sécurité. Promets-moi de lui parler.

Lisette acquiesce et lance un regard interrogateur à la religieuse qui comprend sur-le-champ ce qu'elle cherche à savoir.

— Toujours rien, ma Lisette, toujours rien... Mais ne t'inquiète pas, ça veut dire qu'il est en vie.

Agnès caresse les cheveux de la fillette qui baisse la tête, tiraillée entre la déception que son père ne figure pas parmi les blessés et l'espoir de le revoir vivant.

5

Marcel est en rogne. Pourtant, les affaires tournent bien. Au début du conflit, il s'était dit que c'était fichu pour lui. Une fois les hommes partis au front, qui allait venir au bordel ? Mais la proximité géographique des combats est une aubaine. Les soldats ont des besoins. Le sexe est une manière de faire redescendre la pression. Même les plus timides, les plus fidèles à leurs épouses et fiancées, cèdent aux sirènes de la chair. Marcel voit des hommes hagards et fatigués pousser la porte de son établissement, et à peine font-ils la rencontre de ses filles que le sourire s'invite à nouveau sur leur visage. Il faut dire qu'ici l'alcool coule à flots et les filles sont très belles. Avec sa sœur et associée Yvonne, ils ne sélectionnent pas n'importe qui. Que des beautés, et pas des idiotes en plus, elles doivent savoir soutenir une conversation. Il y a quelques fortes têtes, mais elles craignent les remontrances d'Yvonne, et Gaston, leur homme de main, sait bien doser les coups pour ne pas les amocher. Marcel n'aime pas trop quand il faut cogner les filles, mais il n'a pas le choix, il faut se faire respecter pour faire tourner un bordel. Aujourd'hui, il a dû virer Maria, une toute jeune prostituée pourtant prometteuse, mais voilà, Maria, c'est une tendre. Yvonne avait laissé traîner ses oreilles et surpris plusieurs conversations entre Maria et sa meilleure amie Irène. Maria avait le béguin pour un client. Or, la règle ici depuis toujours c'est : « Pas de place pour l'amour et les sentiments, que du sexe rapide et efficace. » Marcel est donc monté cet après-midi dans la chambre de Maria, plus de deux heures qu'elle était avec son client favori. En deux heures, elle aurait pu enchaîner six passes, c'était de l'argent perdu pour la boutique. Hier, Gaston a suivi Maria sur son temps de pause, il l'a surprise dans les bois embrassant tendrement le jeune soldat. Gratis. Yvonne et Marcel sont tombés d'accord : « Une pute amoureuse, ça ne sert à rien. » Dans la chambre, Marcel avait trouvé le soldat tout habillé, la tête sur les genoux de Maria. La jeune femme lui caressait les cheveux. Il n'était même pas question de sexe. Gaston s'est occupé du gamin, l'a collé au mur pour lui ficher la trouille et Marcel n'a pas hésité une seconde, il a sorti son couteau et balafré le joli minois de la prostituée. Sans ménagement, Gaston a saisi la petite par le bras, et fait en sorte qu'elle ne revienne pas. Son sort n'intéresse pas Marcel. Chacun ses problèmes, chacun sa merde. Il ne veut pas savoir ce que les filles ont enduré avant d'atterrir dans son bordel, ni à quoi elles retournent quand il les vire. La vie ne les a pas épargnés non plus, avec Yvonne.

Il ne se souvient même plus du visage de ses parents. Il avait cinq ans et sa grande sœur, sept, lorsqu'ils ont été placés à l'orphelinat à la suite de leur décès lors de l'incendie de leur boulangerie. Les oncles et tantes n'avaient pas voulu s'encombrer des deux gosses, deux bouches à nourrir en plus. Yvonne était vite devenue une gamine difficile, insolente, dure à la punition, aux gifles et aux coups de règle. Enfant, Marcel la défendait puis à l'adolescence, c'est elle qui avait pris l'ascendant dans leur duo. Mais elle n'avait rien pu faire quand un soûlard avait tabassé son petit frère dans une ruelle derrière la mairie. Il y avait perdu un œil. Marcel aime sa sœur, il n'a qu'elle. Mais parfois, elle l'étouffe. Yvonne est sèche et revêche, elle se méfie de tout le monde, elle déteste les autres femmes, surtout celles qui convoitent Marcel. Quant à elle, il ne l'a jamais vue au bras d'un homme. Même s'ils ont fait du sexe leur commerce, le frère et la sœur Dumont sont pudiques sur leur vie intime.

Marcel est sorti fumer une cigarette pour calmer sa colère. Adossé contre la façade de l'hôtel, il fait des ronds de fumée. Une voiture rouge se gare en face. Personne n'a un véhicule comme ça dans le coin. Il est surpris d'en voir sortir une rousse sculpturale. Sa beauté lui coupe le souffle. Elle avance vers lui avec grâce et détermination. Le genre de femme qui vous décontenance en un instant. Marcel feint l'indifférence, mais il a du mal à contenir son trouble. Il connaît bien le danger de ce qu'il ressent. Il a trop souffert par le passé avec une femme comme ça. On ne l'y reprendra pas.

Marguerite entre dans l'hôtel sans prêter attention à l'homme qui se tient dans l'entrée. Elle repère Yvonne derrière le comptoir. Elle identifie tout de suite la patronne. Les deux femmes se toisent. Yvonne est sur ses gardes, la sulfureuse beauté de la rousse ne lui inspire guère confiance. Les filles trop belles finissent toujours par causer des problèmes dans la maison. Elles jouent les divas, font les difficiles avec les clients, et lui tiennent tête.

La tenancière engage le face-à-face, froidement.

— C'est à quel sujet ?

— Je cherche du travail.

Yvonne répond du tac au tac dans un rire moqueur :

— On est complet.

Pour qui se prend-elle avec ses grands airs ? Elle pense que sa belle gueule, ses grands yeux clairs et sa chevelure léonine suffisent pour lui ouvrir toutes les portes ? Et puis, il y a quelque chose qui cloche avec elle. Elle n'a pas la tête de l'emploi. Trop bourgeoise.

Malgré l'affront, Marguerite revient à la charge, elle a déjà préparé ses arguments. Ce n'est pas une tenancière bourrue qui va la faire renoncer. Elle en a connu des bien plus redoutables.

— Je pense que vous devriez mieux considérer ma proposition...

— J'ai dit : on n'a besoin de personne !

— Tu te trompes, Yvonne, une chambre vient de se libérer... Maria n'est plus des nôtres...

Marguerite se retourne et découvre l'homme qui fumait devant l'hôtel, elle pense : voilà le vrai patron.

— À qui ai-je l'honneur ?

— Marguerite de Lancastel.

— Ah, mais j'adore ! « L'aristo délurée », on n'avait pas encore ça sur la carte... Et ton vrai nom c'est quoi ?

— C'est mon vrai nom.

Marguerite lui serre la main, comme un homme. Marcel est surpris par la poigne de la rousse flamboyante et se perd dans son regard azur.

Yvonne n'apprécie pas ce qui se joue sous son nez. Elle coupe court à l'échange de regards.

— Et tu es sur les listes bien sûr... On ne veut pas d'emmerdes avec l'armée...

Marguerite éprouve une vive satisfaction à dégainer son document officiel. Elle le tend à Marcel, ignorant Yvonne.

Yvonne est témoin de l'enthousiasme de son frère. Si Maria est partie, elle sait qu'elle n'a aucun argument pour refuser la nouvelle, ils ne peuvent pas se permettre par les temps qui courent de travailler avec une fille en moins. Elle saura la mettre au pas. Mais elle n'aime pas ce qu'elle lit dans les yeux de Marcel. Il est totalement sous le charme. Et la dernière fois que ça lui est arrivé, il en a bavé. Yvonne n'a aucune envie qu'il succombe à nouveau. Il porte encore les stigmates de ce désastre. Marguerite est sulfureuse, elle incarne le visage de l'amour passionnel, celui dont on sort exténué, cramé par le désir, l'âme meurtrie et le cœur à jamais en miettes.

Yvonne Dumont se fait la promesse d'être encore plus dure avec la nouvelle qu'avec les autres, de la placer sous la surveillance de Gaston, et à la moindre incartade, elle fera en sorte de s'en débarrasser.

Marguerite monte à l'étage en compagnie de Juliette, une jolie fille un peu froide, âgée de vingt-deux ans tout au plus. Marguerite sent la méfiance de la petite, elle va tout de même la tester pour comprendre le fonctionnement de la maison et savoir si elle peut devenir ou non une alliée. Juliette ne répond pas aux questions de Marguerite, elle se contente de lui montrer les lieux. Marguerite perçoit derrière les portes les râles des soldats en pleins ébats et, parfois, des petits rires féminins, feints.

— Elle n'est pas commode, non ?

— Qui ?

— Yvonne...

— C'est la sœur de Marcel.

Juliette explique le système des jetons. Les patrons sont stricts, ils déduisent leurs frais avant de transformer les jetons en argent. Ça coûte de l'argent d'entretenir un bordel... Alors au moindre drap taché, ce sont des jetons en moins.

Marguerite l'a tout de suite senti, Juliette est du côté des patrons. Il faudra qu'elle s'en méfie. Les fayotes sont des lâches, mais Marguerite sait les manipuler, ce n'est pas bien compliqué.

Juliette précède Marguerite dans l'ancienne chambre de Maria puis claque la porte, laissant la nouvelle dans l'étroite pièce sombre. Elle remarque une trace de sang sur le sol mal nettoyé, comprend que la locataire d'avant a passé un sale quart d'heure. Elle marmonne : « C'est notre triste sort, mes sœurs, c'est notre triste sort. » Elle ouvre son unique bagage, elle n'a rien, mis à part trois ou quatre tenues, de la lingerie, quelques livres, ses vieux Balzac, toujours. C'est toute sa vie, elle ne possède rien d'autre, en ce sens elle est libre. La valise a un double fond, elle en sort une carte topographique du front puis son briquet ouvragé, le seul objet qui la lie à Paris et à son amour perdu. Elle allume une cigarette, déplie la carte, et commence à l'étudier à la lueur d'une lampe de chevet à pampilles. La ligne de front est si proche. Elle n'a jamais été si près de son but.

6

Caroline se regarde dans le miroir. Elle ne se reconnaît plus. Elle a des cernes de plus en plus bleus, le visage creusé par la fatigue et l'inquiétude. L'insomnie l'épuise depuis la déclaration de guerre. Victor dépose un baiser dans son cou. La douceur et la délicatesse de cet homme l'ont toujours désarçonnée. Elle n'avait jamais connu ça avant. Ou alors seulement avec Elle. Mais ça fait tellement longtemps. Elle a oublié le parfum de sa peau, le goût de ses lèvres. L'amour rassurant de Victor a apaisé le feu de la passion. Elle a choisi Victor et le quotidien douillet qui allait avec. Les belles toilettes, le confort, la possibilité de la maternité. Elle n'a aucun regret. Un mari aimant, une belle situation, une petite fille magnifique. Seule la guerre remet tout cet équilibre en question. Depuis un mois, elle se prépare à la mobilisation de son époux. L'heure du départ a sonné. Victor part servir son pays, mais en tant qu'ingénieur, il ne sera pas en première ligne, elle tente de se rassurer.

— Ma toute belle…

Il caresse sa nuque, pose son menton dans le creux de son épaule. Le couple se mire longuement dans la glace, dans un silence ému, uni dans l'incertitude des lendemains. Des années qu'ils s'aiment, des années qu'ils se soutiennent, pas une ombre au tableau. Victor se dit qu'il a de la chance d'avoir pareil soleil à ses côtés, toujours souriante, ne se plaignant jamais. Il sait d'où elle vient, mais jamais il ne lui a posé de questions, c'est comme s'ils avaient passé un contrat tacite. Profiter de l'instant, et ne rien remuer de la vie d'avant.

— Mon amour, il est l'heure, les ouvriers nous attendent.

Victor et Caroline considèrent la quinzaine d'employés de l'usine Dewitt comme des membres de leur famille. À la mort de son père, Victor avait tout naturellement hérité de la direction de l'usine automobile ; Charles, son frère, étant attiré par la politique et ses intrigues, avait préféré Paris à leur village natal. Il est temps de leur annoncer son départ imminent et la décision prise en accord avec Caroline.

Le couple entre main dans la main dans l'atelier. Les ouvriers s'activent à la chaîne de montage. Jean, le fidèle contremaître, fait signe aux travailleurs d'arrêter les machines. Fernand, l'un d'entre eux, s'avance.

— Monsieur Dewitt, on continue de faire tourner l'usine, mais on n'a toujours pas reçu notre sursis d'appel… Et, à ce jour, mes hommes devraient déjà avoir rejoint leur régiment ! Ils risquent d'être considérés comme déserteurs.

— Vous l'aurez. Mon frère m'a garanti que le ministère de la Guerre a accepté notre dossier. Les usines comme la nôtre doivent continuer à tourner, l'économie française ne peut pas s'arrêter. Je sais que ça prend du temps, mais faites-moi confiance.

— Mais vous, vous allez nous abandonner… Qui va diriger l'usine en votre absence ?

Victor fait signe à Caroline de s'avancer. Elle fait un pas, un peu hésitant.

— Mon épouse connaît tous les dossiers, les clients, les procédures, chacun de vous. Elle a toute ma confiance.

Fernand et les ouvriers affichent une moue sceptique. Une femme à la tête d'une usine de camionnettes… La solution n'est pas rassurante. Tous ont du respect et certains de l'affection pour la femme du patron, mais de là à recevoir des ordres de sa part, sa place est à la maison, auprès de sa fille, et non parmi les hommes. Dans pareil contexte, c'est une vraie folie de confier les rênes de l'entreprise à une femme ! Victor Dewitt doit être aveuglé par l'amour ou complètement dépassé par la situation.

Caroline ne bronche pas, ce n'est pas le moment de prendre la parole, elle sent que l'annonce est loin d'emporter l'adhésion des ouvriers. Elle-même doute de ses capacités à gérer tout toute seule. Si elle n'a jamais manqué de donner son avis sur chacune des décisions de son époux, notamment lors de la récente modernisation de l'usine, le choix des nouvelles machines, l'organisation du travail, c'est Victor qui a toujours été à l'initiative. Victor est le moteur de l'entreprise familiale, sans lui l'affaire risque de s'essouffler. Et puis, Caroline a une autre difficulté à surmonter, et de taille : sa belle-mère. Éléonore Dewitt ne s'est jamais montrée chaleureuse avec elle, et depuis que le couple et la petite fille se sont installés dans la demeure près de l'usine voilà plus d'une semaine, la bourgeoise lui a à peine adressé la parole et pas le moindre sourire. La froideur d'Éléonore Dewitt est connue de tous à Saint-Paulin, mais Caroline a longtemps pensé que le temps adoucirait leurs rapports. Au début de sa relation avec Victor, les deux femmes ne se voyaient pas, puis quand Madeleine était née, le couple a commencé à lui rendre visite deux fois par semaine afin que la grand-mère tisse un lien avec la petite. Leur maison étant désormais en zone allemande, ils n'ont pas eu d'autre choix que de s'installer chez Éléonore.

Caroline ne se sent pas très bien dans cette grande demeure. Éléonore lui a bien fait comprendre que la situation était provisoire et qu'il ne fallait pas prendre ses aises ni tenter de réaménager les lieux à sa convenance. Caroline n'était pas chez elle, le message était clair.

Caroline appréhende la vie en tête à tête avec sa belle-mère. La maison est grande, et elle fera en sorte de limiter les contacts. Elle espère qu'elle sera plus démonstrative avec Madeleine, on ne peut pas dire qu'Éléonore soit une grand-mère gâteau. Depuis l'allée principale du domaine, elle aperçoit sa silhouette dans la verrière.

Éléonore observe son fils et sa belle-fille. Elle ne comprend pas le choix de Victor de lui confier la direction de l'entreprise. Cette fille ne sait même pas ce qu'est un essieu, comment pourra-t-elle faire tourner une usine automobile ? Et puis, ces dernières années, Caroline a poussé Victor à engager beaucoup de frais, soi-disant pour moderniser et « faire entrer l'usine dans le vingtième siècle », comme le répétait Victor. Elle va leur faire perdre de l'argent.

Il y a dix ans, Éléonore avait dû ravaler ses réticences face à l'irruption de cette Parisienne sans éducation et sans famille dans la vie de son fils. Éléonore doutait de la sincérité des sentiments de Caroline à l'égard de Victor. Elle a longtemps pensé qu'elle en voulait à son argent. Mais avec le temps, Éléonore a dû accepter l'évidence : ces deux-là s'aimaient vraiment. Victor lui a demandé de faire des efforts avec sa femme pendant son absence, elle ne sait pas si elle en sera capable. Elle va essayer, pour ce fils dévoué, qui se donne corps et âme à l'entreprise familiale, pendant que Charles, l'aîné, les a délaissés pour Paris et le pouvoir. Les relations entre les deux frères ont toujours été tendues, et le sujet Charles est à éviter lors des dîners. Victor s'est un peu adouci depuis que son grand frère a promis d'intercéder en faveur de l'usine Dewitt auprès du ministère pour que les ouvriers ne soient pas appelés. Éléonore pense que c'est sa façon à lui de contribuer à la vie de l'entreprise.

Victor et Caroline entrent dans la maison. Au pied du grand escalier menant aux chambres, Victor pose une main sur l'épaule de sa femme.

— Je vais me préparer…

— D'accord. Il faut que tu parles à Madeleine avant de partir, seul à seul.

— Oui, ma belle, je saurai trouver les mots.

Caroline est traversée par la tristesse de la prochaine séparation, néanmoins elle tente de faire bonne figure devant sa belle-mère, et se surprend à lui proposer une tasse de thé pendant que Victor s'affaire à l'étage.

Éléonore se tient dans le salon cossu, décoré de boiseries, d'épais rideaux de velours et de tapisseries fleuries. Pour toute réponse à l'invitation de sa belle-fille, elle lui lance un regard plein de mépris.

La guerre fait rage sur le front, et les conflits chez les Dewitt sont loin d'être apaisés.

Victor laisse les deux femmes, il est temps pour lui d'affronter le chagrin de sa fille. La porte de la chambre de la petite est entrouverte, Victor l'observe avec tendresse.

Madeleine est assise sur son lit. Elle s'adresse à voix basse à son ours en peluche, l'un des rares jouets que la fillette a sorti des bagages depuis son arrivée chez sa grand-mère.

— Ne t'inquiète pas, Nounours, les Allemands n'ont pas pu entrer chez nous, non, personne ne dort dans notre chambre, et nos amis jouets restés à la maison nous attendent sagement.

La petite fait parler l'ours en peluche.

— Et papa, Madeleine, pourquoi il nous abandonne ?

— Papa ne nous abandonne pas, il va construire des machines pour la guerre...

— Si, papa nous abandonne, je te le dis Madeleine, papa nous abandonne...

Victor entre dans la chambre, il s'approche de la fillette et interrompt le dialogue imaginaire.

— Madelinette, je ne vous abandonne pas...

Il tente une caresse sur la tête de la petite qui refuse de regarder son père dans les yeux.

— Je ne veux pas que tu partes !

— Je n'ai pas le choix, ma chérie.

Madeleine redresse la tête et adresse un sourire fier et décidé à son père.

— Alors je pars avec toi !

Victor vacille, il sent les larmes monter. Il ne doit pas flancher. Il pense que les enfants ont une force incroyable, que sa petite fille est spéciale et courageuse.

— Tu ne peux pas venir avec moi, en revanche un peu de moi va rester ici.

Victor tend une poupée à Madeleine, elle la regarde à peine.

— J'ai mis un peu de mon cœur à l'intérieur...

— Je veux pas de ta poupée !

Madeleine sort brutalement de la chambre, laissant son père démuni, la poupée entre les mains. Partir sans échanger le moindre regard avec sa fille, la moindre caresse, le moindre baiser, est un crève-cœur.

7

Il y a déjà foule sur la place du village. Femmes, mères et enfants écoutent l'appel prononcé par un gradé devant l'état-major. Les maris s'en vont la peur au ventre, les femmes restent avec l'inconnu. Caroline et Victor sont en retard, abattus. Tous deux masquent leur douleur et leur inquiétude. Le départ du domaine a été difficile ; les *au revoir* d'Éléonore ont été pudiques, juste un signe de tête adressé à son fils. Madeleine est d'abord restée mutique à côté de sa grand-mère. Résigné, Victor est monté dans la voiture à côté de Caroline. Sa fille lui en voulait vraiment. Elle le punissait. Le véhicule était déjà bien engagé dans l'allée quand Madeleine avait lâché la main de sa grand-mère et s'était mise à courir, pleurant et hurlant après son père. Victor avait coupé le moteur puis était sorti, Madeleine s'était jetée dans les bras de son papa, l'implorant de rester, s'il partait cela signifiait qu'il ne l'aimait pas. Les paroles de la fillette étaient déchirantes, le « je t'aime » de Victor n'avait pas suffi à calmer les larmes et la rage de Madeleine. Éléonore avait dû arracher la petite du cou de son papa. Sur le chemin les menant au village, Caroline et Victor étaient restés silencieux.

Caroline prend la main de son époux, la serre fort. Une dernière fois. Elle contient son chagrin, elle s'interdit de craquer devant Victor, par respect pour lui et pour ne pas lui infliger encore plus de peine. Elle glisse un portrait d'elle avec Madeleine dans la poche de son uniforme, celle du côté gauche, celle du cœur. Elle murmure à son oreille : « Reviens-nous. » Victor embrasse son épouse et disparaît sous le porche sombre de l'état-major.

Caroline demeure un long moment sur la place du village au milieu des civils pleurant le départ de leurs proches. Elle sort son briquet. Elle fume, devant tout le monde, les femmes qui fument en public ont mauvaise réputation, Caroline se fiche bien de ce qu'on peut penser d'elle. Elle ferme les yeux, inhale la fumée, caresse les motifs de son briquet et, malgré la douleur du départ de Victor, se sent forte. En rentrant, elle ira consoler sa fille et dire à Éléonore ses quatre vérités. Si Madeleine et elle respectent bien les règles fixées par la maîtresse de maison, les repas à heures fixes et le calme exigé, Caroline affichera son autorité sur les affaires de Victor. Elle a promis à son mari de protéger les ouvriers et l'usine. Éléonore n'aura pas son mot à dire. Dans sa vie d'avant, Caroline a su tenir tête à bien pire que cette bourgeoise sèche et pleine de préjugés. Elle est bien décidée à lui prouver qu'elle peut être une vraie patronne. Mère et patronne à la fois.

8

Le cours d'eau s'écoule au cœur de la forêt, Jeanne et Suzanne font enfin une pause bien méritée. L'endroit est calme, bucolique, la nature semble ignorer la guerre. Suzanne s'agenouille au bord du ruisseau. L'eau fraîche l'aide à y voir plus clair. Le filet glacé coule sur ses joues, ravive sa peau et son esprit tourmenté. L'enchaînement fou de ces dernières heures ne lui a pas permis de faire le point. Elle n'avait rien pu faire pour sauver cette femme, elle essaie de se raisonner et de s'alléger du poids de la culpabilité. C'était sa sixième grossesse, celle de trop, elle ne voulait pas de l'enfant. L'intervention était à risque, elles en avaient toutes les deux pleinement conscience. La femme avait fait une hémorragie interne, c'était la première fois que Suzanne voyait ça, après des dizaines de patientes. Elle aidait les femmes à se libérer ; pour différentes raisons que Suzanne ne jugeait jamais, elles n'étaient pas prêtes à être mères. Elles cherchaient à « guérir les retards », c'est ainsi qu'on désignait les avortements. Il y avait beaucoup d'accidents, certaines filles désespérées et honteuses n'hésitant pas à le pratiquer seules, avec des sondes intra-utérines ou des aiguilles à tricoter, tisonniers, épingles à chapeau et même des tire-bouchons. À la différence de beaucoup d'autres faiseuses d'anges clandestines qui « opéraient » pour l'argent, Suzanne était réputée pour son hygiène irréprochable et sa délicatesse. Elle avait récupéré une jeune fille qui avait eu recours à une marchande de fromage qui pratiquait des avortements avec des canules à lavement non stérilisées et à peine nettoyées. La petite avait eu de la chance de ne pas développer une infection. D'autres avorteuses, quant à elles, pensaient qu'en mettant de l'eau de Javel dans l'utérus, le fœtus ne survivrait pas. Suzanne était sidérée : infliger pareilles atrocités à des femmes qui avaient déjà pris une si douloureuse décision, ce n'était pas humain.

Elle aura du mal à gommer de sa mémoire la douleur de la femme se vidant de son sang, perdant toutes ses forces dans ses bras, son regard démuni puis soulagé au moment de lâcher le dernier soupir. Cette image-là la hantera longtemps.

Un craquement la fait sursauter. Inquiète, elle se tourne vers Jeanne qui nettoie son pistolet, appuyée contre un tronc d'arbre. Un chevreuil, certainement. Jeanne dit qu'il y en a beaucoup à l'orée du bois. La nuit ne va pas tarder à tomber et réveiller les animaux nocturnes. Les deux femmes prennent place dans la camionnette et reprennent leur avancée dans la campagne, s'éloignant de Saint-Paulin et du danger. Soulagées, elles échangent un sourire complice interrompu par la soudaine apparition de deux phares dans le rétroviseur. La voiture accélère, colle au train de la camionnette et finit par rouler à la même hauteur que Jeanne. C'est Compoing. Il fallait s'y attendre, il y a très peu de routes dans les parages, il n'a donc pas eu de mal à les rattraper. Il ne les lâchera pas. Suzanne reçoit son regard haineux comme un coup de poing en pleine face. Il tire plusieurs balles dans le moteur. Qu'importe, Jeanne accélère, le cœur de Suzanne s'emballe. Les deux véhicules arrivent à un embranchement, la voie est trop étroite, Compoing est contraint d'emprunter une autre route tandis que les deux femmes roulent à vive allure.

La camionnette se met à cahoter, le moteur fume, Compoing l'a endommagé. Les deux femmes abandonnent la camionnette dans un chemin et s'enfoncent en courant dans la nuit de la forêt vosgienne. Elles se faufilent entre les arbres. Un tir retentit. Soudain, Jeanne hurle de douleur. Suzanne se retourne, Compoing est à leurs trousses, fusil à la main, il n'hésitera pas à les abattre. Jeanne s'écroule, l'homme se tient au-dessus d'elle. Il va tirer à nouveau. Elle ferme les yeux. Rien. Compoing s'effondre. Suzanne lui a asséné un coup de pierre derrière le crâne. Jeanne ouvre les yeux, elle est faible et se relève péniblement. Elle perd beaucoup de sang.

Jeanne prend appui sur Suzanne, la douleur lui coupe le souffle, mais elle trouve la force de reprendre sa course, laissant Compoing gisant au sol.

9

Marguerite a sorti le grand jeu. L'homme la déshabille de son regard encore plein de désir. Elle est nue au milieu du lit, les seins recouverts par sa longue chevelure feu. Le capitaine Delille est ébahi devant tant de beauté. Cette façon sauvage que cette femme a de faire l'amour le marquera longtemps. Il a déjà envie de recommencer. Il se contrôle, le temps presse, il doit rejoindre au plus vite son cantonnement. Il dépose des jetons sur la table de nuit. Marguerite s'enroule dans le drap, et se lève pour le retenir. Elle lui caresse le dos, il en a des frissons. Il a une puissante envie de prendre à nouveau cette femme, de l'emmener loin d'ici, loin de la guerre et des bordels. Dans une autre vie, ce serait peut-être possible. Il contient ses pensées folles tandis qu'elle glisse sa langue dans son oreille.

— J'aimerais beaucoup... Mais...

Marguerite se fait de plus en plus langoureuse.

— Je comprends. Vous devez retourner au cantonnement. De nouveaux bataillons sont arrivés aujourd'hui. On les a vus avec les filles, des garçonnets... Pas des hommes comme vous ! Ils doivent être à peine sortis de Saint-Cyr, non ?

Delille devient suspicieux. Pourquoi une pute se renseigne-t-elle sur les cantonnements ? Pourquoi s'intéresse-t-elle aux saint-cyriens ? La prostituée cherche à l'embrouiller afin d'obtenir des informations. Elle l'attire follement tout autant qu'il se méfie d'elle. Cette femme a le diable au corps, c'est certain, et elle sait user de ses charmes. Des espionnes peuvent se cacher dans les bordels. Le soldat le sait. Il boutonne son uniforme.

— Il y a des cantonnements spéciaux pour les saint-cyriens ?

Agacé, Delille repousse la main de Marguerite.

— J'ai passé un très bon moment, mais on en reste là.

Marguerite est allée trop loin et a éveillé les doutes de Delille, il est plus coriace qu'elle ne l'avait pensé. Elle lui adresse un sourire tout aussi aguicheur qu'hypocrite.

D'autres soldats sont présents au bar, elle va devoir cibler un nouveau client. Elle se lave les parties intimes, passe une nouvelle lingerie en dentelle, ajuste son corset et sa jupe, et descend au salon.

La nuit est bien avancée dans la salle principale du bordel, les filles sont toutes dénudées, rient aux éclats, se laissent tripoter par la troupe de soldats avinés. Derrière son comptoir, Yvonne lance un regard noir à Marguerite. Marcel boit un verre au milieu des filles et semble subjugué par l'allure de la nouvelle : cette fille est parfaite.

Marguerite inspecte la salle. La musique est forte. Certaines prostituées se dandinent, feignant une atmosphère de fête. Elle repère un groupe d'officiers en tenue de saint-cyrien. Juliette et Irène jouent avec le casoar du képi d'un jeune soldat. Marguerite s'installe au comptoir du bar, un peu à l'écart des clients, ouvre son miroir de poche, ravive son rouge à lèvres tout en jetant des coups d'œil vers les cinq saint-cyriens installés au bout du zinc. Elle relève sa jupe au-dessus du genou, laissant apparaître la naissance des cuisses. Un jeune homme d'un peu plus de vingt ans se lève. Elle le harponne de son regard vert, lui prend la main et l'attire dans un boudoir. Le gamin commande une bouteille de champagne pour célébrer « la beauté de la dame ! ». Il est totalement charmé par Marguerite. Pendant qu'il caresse ses seins, elle l'interroge. Le gamin est au cantonnement depuis une semaine, il est arrivé il y a seulement six mois à Saint-Cyr. Lorsqu'il prononce le nom de la prestigieuse école militaire, Marguerite glisse une main dans son pantalon et le caresse doucement. Elle arrive à obtenir toutes les informations qu'elle souhaite, tant le soldat est grisé par l'excitation.

— Marguerite, c'est trop bon, je parlerai de vous au cantonnement… Vous n'allez pas manquer de clients.

— Je pourrais même venir faire des extras…

Le gosse se calme, rétorque que les civils ne sont pas admis. Marguerite accélère le mouvement de sa main, susurre :

— Ah, mais c'est tellement dommage…

Gagné par le plaisir et hypnotisé par les yeux et la poitrine de cette femme renversante, il finit par lâcher dans un soupir orgasmique :

— Faudra être discrète, c'est à une trentaine de minutes à pied, juste derrière le col…

Marguerite est satisfaite, elle embrasse le gamin sur le front. Demain, elle ira au cantonnement. Elle croise le regard de Marcel qui n'a pas perdu une miette de la scène, elle y lit du désir et bien plus encore. Le patron n'est pas commode, mais il a le béguin pour elle, elle saura s'en servir.

10

Le prêtre passe une main sur le front du mourant. L'homme rend un dernier souffle de douleur, l'abbé lui ferme les paupières et prie pour lui. Plus qu'un hôpital, l'église a été transformée en mouroir. Les souffrances des blessés emplissent la nuit froide de l'abbaye. La soirée a été funeste, plusieurs morts sont à déplorer. L'abbé Vautrin garde son sang-froid porté par une foi à toute épreuve. La mère supérieure se tient derrière lui, les yeux mouillés par des larmes de compassion et de fatigue. Cette journée l'a éprouvée, elle se fait du souci pour Lisette et sa famille, elle se fait du souci pour l'avenir du couvent, elle se fait du souci pour ces pauvres âmes qui n'ont pas pu être sauvées dans la maison de Dieu. Elle est ébranlée. Elle se demande comment elle va tenir le coup. L'abbé Vautrin pressent sa détresse, il lit dans les pensées d'Agnès. Il a toujours été paternel avec les sœurs et les novices. L'homme inspire grande confiance, chacune loue sa capacité d'écoute, la douceur de sa voix, sa bienveillance, la qualité de ses vibrantes homélies. Mais Agnès a toujours ressenti une gêne en sa présence, un malaise qu'elle n'arrive pas à expliquer. Pourtant, l'ecclésiastique est censé incarner la bonté même, il est comme un guide parmi ces femmes dévouées à Jésus. Encore une fois, il anticipe les questions d'Agnès avec sa voix doucereuse, presque un murmure.

— Nous servons désormais une cause qui nous dépasse, vous et moi. Notre patrie a besoin de nous pour l'accompagner vers la victoire.

— Je suis au service de Dieu, pas d'une patrie...

— Pensez-vous que le Tout-Puissant laisserait mourir ses enfants si ce n'est pas pour nous mener à la victoire ?

L'abbé a toujours le dernier mot, c'est ainsi qu'il exerce son emprise sur les jeunes religieuses, son éloquence, son charisme, sa finesse d'esprit. Agnès vient de saisir une lueur trouble dans le regard de l'abbé, comme une satisfaction à la faire plier. Quelque chose de déplaisant. Elle a décidé de lui tenir tête, elle doute du sens que prend leur engagement.

— Mon devoir, c'est d'apaiser leurs âmes, et de soigner leurs plaies... Mais je dois aussi guider les sœurs, les novices surtout... Elles sont démunies dans cette folie guerrière. Elles comptent sur moi.

— Soyez indulgente avec vous-même. Ne portez pas le poids du monde sur vos épaules.

L'abbé cherche à écourter l'entrevue, il a hâte de regagner sa cellule. Et puis, il supporte mal la contradiction.

— Que la paix du Seigneur soit avec vous.

— Amen.

Agnès reste seule au milieu de l'église. Les blessés ont enfin trouvé le sommeil.

Elle se remémore la première fois où elle est entrée dans une église, elle était une toute petite fille. C'était à Remiremont. Ses parents, trop pauvres pour entretenir une sixième gosse, l'avaient confiée à la tante Augustine. Une vieille fille dévote qui vivait en lisière de la forêt et se rendait tous les soirs à la messe dans la chapelle Sainte-Sabine au milieu des bois. Agnès suivait sa tante avec plaisir. Sur le pont des fées, elles avaient pour rituel de lancer des cailloux dans le ruisseau. Puis elles entraient dans la chapelle au toit roux. Les vitraux fascinaient la gamine, elle se sentait sous la protection des saints qui y étaient représentés, son favori était saint Adelphe. La tante décéda lorsque Agnès avait dix ans. Ses parents ne voulaient pas la reprendre, ils la confièrent donc aux sœurs du couvent de Saint-Paulin dont elle n'était plus jamais repartie. Elle a toujours été heureuse ici parmi les moniales : une belle abbaye, un beau jardin, une roseraie, une chapelle somptueuse, et surtout la paix pour dialoguer avec Dieu. Elle était devenue mère supérieure à trente ans, une responsabilité lourde dont elle n'assumait toujours pas la légitimité. Elle n'arrête pas de se remettre en question. Est-elle assez forte pour guider ces jeunes filles dans leur choix de vie presque sacrificiel ? Toute la cohésion de la communauté repose sur ses frêles épaules, par ailleurs elle se doit de stimuler et questionner les aspirations de chaque sœur, et ce en les référant au Seigneur. Son pouvoir n'est pas absolu, mais elle est leur point de repère.

« Soyez indulgente envers vous-même. » Les paroles de l'abbé Vautrin la tourmentent. Cette remarque sert-elle à la perturber ou à la rassurer ? Le prêtre ne vacille jamais, elle aimerait tant avoir cette force, et se débarrasser enfin des doutes qui l'assaillent au quotidien.

11

13 septembre 1914

La fillette boude au bout de la table. Le soleil perce la baie vitrée et illumine les viennoiseries et le chocolat chaud disposés sur la nappe à fleurs. Madeleine fait un caprice. Elle ne veut rien avaler de ce premier petit déjeuner pris sans son père. Germaine, la servante, verse le chocolat bien épais dans le bol sur lequel de jolies cursives dessinent le nom de l'enfant. La petite serre la poupée offerte par Victor contre son cœur. Éléonore, d'abord agacée par le comportement de la fillette, tente de la rassurer en insistant sur le fait que son père n'est pas sur le champ de bataille, qu'il va concevoir des infrastructures. La petite ne comprend pas ce charabia technique. Caroline explique qu'il construit des routes, des ponts, que rien ne peut lui arriver. Madeleine se détend, prend un croissant et le trempe dans son chocolat chaud et change de sujet.

— Maman, on peut aller à la grotte aux ours ?

La grotte aux ours est une cachette dans la forêt, tout près d'un ruisseau, où Madeleine a l'habitude de jouer avec son père depuis toute petite. C'est un rituel entre le père et la fille, des moments de complicité partagés, des fous rires et beaucoup de tendresse.

— On ne peut plus y aller comme avant, ma chérie, c'est trop dangereux...

L'enfant se lève de table, défiant sa grand-mère très à cheval sur les convenances et la politesse. Elle va s'asseoir sur les genoux de sa mère et lui réclame de jouer à la poupée avec elle, mais le devoir appelle Caroline, elle sera moins souvent auprès de sa fille. Éléonore, jalouse de la bonne entente entre Caroline et Madeleine, s'interpose :

— Ta maman n'a plus le temps de s'occuper de toi. Moi, si.

Caroline sait que sa belle-mère veut la faire culpabiliser ; elle ne réussira pas à éloigner Madeleine d'elle, la petite finira par comprendre qu'elle ne l'abandonne pas. Éléonore échouera dans son entreprise de déstabilisation. Instrumentaliser une fillette déjà affaiblie par le départ de son père, comment une grand-mère peut-elle y songer ? Éléonore perçoit l'animosité de sa belle-fille, elle se lève, prend la petite dans ses bras, et avant que Caroline puisse lui rétorquer quoi que ce soit, assène :

— La place d'une mère est à la maison, avec ses enfants, en temps de guerre ou pas !

— La place des femmes doit évoluer, nous sommes au vingtième siècle, Madame !

Caroline se surprend de sa propre repartie, digne du temps où elle vivait avec elle, quand toutes deux ne craignaient pas de tenir tête aux puissants, aux hommes, aux maquerelles, marchaient main dans la main dans les rues parisiennes, faisant fi des regards et des sifflets réprobateurs. Deux femmes qui avancent la tête haute dans la foule hostile.

Caroline renoue avec celle qu'elle avait enfouie en elle toutes ces années. L'adversité réveille son audace, sa ténacité et son caractère bien trempé que le confort d'une vie bourgeoise a étouffés.

Un bruit de sabots met fin à ce duel. Caroline s'approche de la fenêtre et découvre trois militaires galopant en direction de l'usine.

Elle sort en courant, débarque essoufflée dans le bâtiment. Les hommes ont arrêté les machines, ils ont la tête basse. L'un des trois militaires se tient au milieu des ouvriers. Caroline arrive pile au moment où le prévôt lance un « Vous êtes en état d'arrestation » général. Caroline intervient :

— Pardon ? Et sur quel motif ?

Le prévôt ignore Caroline et se justifie auprès de Jean, le contremaître.

— Désertion !

Les ouvriers protestent, Caroline cherche à s'interposer. Les militaires embarquent les hommes de force. Caroline se dresse devant le prévôt et explique la grave erreur qu'il est en train de commettre, que ses ouvriers vont bientôt recevoir le sursis d'appel signé d'Adolphe Messimy lui-même, le ministre de la Guerre.

— Vous êtes bien mal renseignée, ma petite dame, Messimy a été remplacé le 26 août par Alexandre Millerand ! Et puis, l'ordre d'arrestation émane du ministre lui-même. Vous devriez avoir honte de cacher ces fuyards quand la jeunesse de France œuvre pour défendre sa patrie !

Caroline est abasourdie. Piquée par le « ma petite dame » paternaliste, elle marche à côté du militaire et insiste pour connaître le sort de ses hommes. Ils seront jugés, lui dit-on, cette histoire peut les mener jusqu'à l'échafaud.

Une femme sort de l'usine en hurlant, le poing levé :

— Fernand ! Non, mon Fernand !

L'épouse de l'ouvrier se tourne vers Caroline dans un sanglot mêlé de colère et de désespoir :

— Vous nous aviez donné votre parole !

— Denise, je ne vous laisserai pas tomber, je vous le promets.

Caroline monte dans le bureau de Victor, s'empresse de téléphoner à l'état-major, mais personne ne daigne la prendre au bout du fil. Son mari lui a laissé le numéro de son frère Charles, lui seul pourra lui apporter une explication et un début de solution. Le combiné sonne plusieurs fois dans le vide. Elle est désespérée. Que ferait Victor à sa place ?

12

Des mulots furètent autour des bottes de foin. Lisette en attrape un, le caresse et dépose un baiser délicat sur sa petite tête. La fillette repose le rongeur qui s'empresse de rejoindre sa famille. Lisette interroge sa grande sœur :

— Camille, les animaux souffrent-ils comme nous d'être séparés de leurs proches ?

— Lisette, arrête avec tes questions idiotes… Les animaux n'ont pas de sentiments.

— Tu dis n'importe quoi, je ne vois pas pourquoi ils ne ressentiraient pas des choses comme nous…

— Allez petite rêveuse, remets-toi au travail, prends ta fourche !

Leur mère les rejoint, le soleil est déjà vif en cette matinée de fin d'été, il faut accélérer la moisson, après il fera trop chaud et la tâche deviendra pénible. Soudain, elles entendent des cris. Lisette lève la tête et désigne du doigt les deux femmes au bout du champ. Sa mère comprend tout de suite l'urgence de la situation. Elles abandonnent leurs fourches, courent vers Suzanne soutenant Jeanne qui peine de plus en plus à avancer. Le sang a maculé son corsage. Sans poser aucune question, la paysanne guide les deux femmes jusque dans sa cuisine. Lisette se sent investie d'une mission, elle prépare des torchons, tandis que Camille fait bouillir de l'eau. Sa mère et Suzanne déposent le corps de Jeanne sur la table. La plaie est profonde. La blessée ne se plaint pas, elle contient sa douleur pour ne pas affoler Suzanne, pourtant elle perd des forces de minute en minute. La fermière appuie sur la blessure, sans parvenir à arrêter l'écoulement de sang. La mère de Lisette est démunie. Elle dit qu'il faudrait aller à l'hôpital, le couvent a été transformé en hôpital, Lisette connaît bien les sœurs, là-bas il y a deux médecins, une salle d'opération, ils pourront la sauver. Jeanne trouve la force d'attraper le bras de Suzanne, et de lui murmurer qu'il est beaucoup trop dangereux d'aller à l'hôpital, qu'il y a des militaires là-bas. Jeanne sort de sa poche un portefeuille, chaque geste lui coûte, elle lui tend un billet de train.

— Va à la gare, et sauve-toi... Dépêche-toi, pour moi la route s'arrête ici.

Suzanne saisit le portefeuille et tombe sur les papiers d'identité de Jeanne.

— Je vais d'abord à l'hôpital chercher de quoi désinfecter la plaie. Tu es dans cet état-là par ma faute !

Suzanne ne perd pas un instant, la vie de sa protectrice en dépend, et avoir une mort de plus sur sa conscience, elle ne sait pas si elle pourra le surmonter.

Elle court dans la campagne à perdre haleine. Le soleil automnal adoucit son angoisse. À l'approche du village, les convois de blessés indiquent la proximité de l'hôpital et la virulence des combats.

Il y a de l'agitation à l'entrée du couvent, Suzanne en profite pour se glisser, elle bouscule une sœur. C'est Agnès. La religieuse n'en peut plus d'attendre Lisette, il faut qu'elle aille vérifier si tout va bien. Les deux femmes se dévisagent et passent leur chemin, obnubilées par leurs missions respectives, ignorant que leur sort est lié par la courageuse fillette. Suzanne parvient au cloître. Elle observe Joseph qui s'agite dans un brouhaha incessant et donne des ordres aux brancardiers pour répartir les blessés en fonction de la gravité de leur état. Elle l'identifie tout de suite comme le médecin-major. L'homme, pourtant éreinté par l'ampleur de la tâche, dégage une force et un charisme rares. Suzanne se ressaisit, le temps tourne, Jeanne doit s'affaiblir de minute en minute. Elle se faufile dans la salle d'opération, repère du fil, de la gaze et du désinfectant, ça fera l'affaire, et les glisse dans sa besace. Elle s'apprête à partir quand Joseph entre. Elle se cache derrière un paravent. Le médecin est accompagné d'un militaire, le général Duvernet. Les deux hommes se tutoient, Suzanne remarque une ressemblance entre eux.

— Et les renforts de la Croix-Rouge, tu as des nouvelles ? Il paraît que l'armée a réquisitionné des centaines d'infirmières ces dernières semaines.

— Ce n'est pas pour maintenant, elles sont toujours bloquées dans la Marne. Sois un peu patient !

— Patient ? Et je fais comment moi avec un médecin de campagne et des bonnes sœurs à peine capables de changer des pansements ?

— Ton frère vient d'être affecté sous mon commandement…

— Mais Léon est tout jeune, tu l'envoies à la mort !

— Il est saint-cyrien, il doit combattre…

— Il n'a pas choisi de l'être, c'était juste pour te faire plaisir. Maintenant, j'ai à faire. Et toi aussi. Chacun son poste, général Duvernet !

Quand il était adolescent, Joseph surnommait son père le « général papa », ce qui faisait rire aux éclats son petit frère. Leur père les punissait tous les deux, car chez les Duvernet on ne plaisantait pas avec la « grande muette ». Les hommes devaient s'y dédier, de génération en génération. Seul Joseph y avait échappé. La médecine était sa cause à lui. Il y excellait et il était devenu l'un des chirurgiens les plus brillants de tout l'est de la France. Son père ne pouvait rien opposer à cette réussite.

Les deux hommes sortent de la salle et se séparent sous le cloître. La voie est libre pour Suzanne.

13

Marguerite rentre de son poste d'observation au-dessus du cantonnement. Elle ne s'y est pas risquée. Il est encore trop tôt. Mais elle a pu prendre ses marques, installée sur une colline, elle avait un large point de vue sur le campement. Derrière les jumelles, elle a découvert les cahutes, les baraquements de fortune, de la fumée sortant des tentes, un jeune soldat préparant la soupe, des hommes qui fument, d'autres qui tentent tant bien que mal de laver leur uniforme dans le ruisseau. Plus loin, une cabane en bois avec des caisses en guise de tables et de chaises, du café, du tabac.

La vision de ces hommes si jeunes, s'accrochant à un semblant de confort, a ému Marguerite. Elle essayait de distinguer des traits familiers dans le visage de ces enfants de la patrie. Elle pensait à leurs mères, à leur inquiétude viscérale, à quoi bon élever un garçon si c'est pour qu'il devienne de la chair à canon. C'était absurde et injuste. Tout à l'heure, il lui faudra rendre des comptes à Yvonne, même si elle ne s'est absentée que quatre heures, son temps réglementaire de pause. La tenancière lui avait fait comprendre qu'elle n'avait pas intérêt à être en retard. « Pas une minute... » Elle avait répété : « Pas une minute... » Le lendemain, elle irait en voiture.

Arrivée sur la place du village, Marguerite accélère le pas pour ne pas se prendre un sermon de la maquerelle, elle a passé l'âge de se faire enguirlander.

Dans la rue qui descend vers le bordel, une voiture est arrêtée. Une femme en sort, elle donne de l'argent à une fillette coiffée d'un chapeau de paille. Marguerite est éberluée. Elle la reconnaît. C'est Elle, Caroline, Caroline avec ses cheveux ramassés et un air un peu sévère, Caroline avec une belle toilette bourgeoise, Caroline avec un port de tête altier, Caroline à peine vieillie après toutes ces années. Marguerite repense à leurs derniers éclats de rire, à cette soirée d'anniversaire un peu folle sur la butte Montmartre, la tournée des cafés, les danses, et ce baiser. Si doux et profond. Ce baiser pareil à nul autre baiser, ce baiser velours plein de tendresse où Marguerite avait cru percevoir de l'amour. Mais Caroline l'avait abandonnée du jour au lendemain, sans aucune explication. Et elle est là maintenant, devant elle, dans ce village vosgien. C'est improbable.

Marguerite s'approche, la fillette est encore dans la boulangerie. Caroline vacille. Les deux femmes demeurent de longues secondes silencieuses, face à face, sidérées.

Marguerite engage la conversation, la voix tremblante.

— Que fais-tu ici ?

— Je vis à Saint-Paulin en dehors du village. Et toi ?

Marguerite reste distante, elle sent une colère froide remonter.

— Je t'ai cherchée partout… J'ai fini par croire que tu étais morte.

Caroline reçoit la dernière phrase comme un uppercut. Le souvenir de Marguerite ne l'avait jamais quittée. Leur complicité lui avait tellement manqué. Elle n'avait jamais retrouvé pareil lien avec personne, pas même avec Victor. Elle aimait Victor, évidemment, mais elle avait une retenue avec lui, une retenue de corps, d'âme, de sentiments, elle était pudique en tout avec son mari ; avec Marguerite, elle s'était sentie vivante comme jamais, vibrante, intense. Elle a très envie de la prendre dans ses bras. Mais Madeleine sort de la boulangerie. La petite dévisage Marguerite.

— Marguerite, je te présente Madeleine, ma… fille.

La fillette, impressionnée par la prestance de Marguerite, lui adresse un sourire timide auquel la rousse ne répond pas. Marguerite se ferme, la fillette incarne tout ce qu'elle a perdu le jour où Caroline l'a quittée.

— Tu sauras où me trouver, si tu le souhaites. Je n'ai pas changé de métier.

14

Le plafond se lézarde, de petites mouches noires s'y insinuent. Jeanne fixe la poutre en bois recouverte de poussière et de toiles d'araignées. Elle s'est résignée à l'idée de mourir. Suzanne ne reviendra jamais à temps. Elle est épuisée par la douleur. Les trois paysannes l'ont installée dans une modeste chambre au rez-de-chaussée et sont sorties finir les ballots de foin. Jeanne entend des coups de feu au loin, puis des cris qui se rapprochent.

Lisette, sa mère et sa sœur se cachent derrière des bottes de paille. Trois soldats français courent dans le champ, poursuivis par les tirs de cinq soldats allemands. Les balles frôlent leurs képis. Un des soldats meurt sur le coup. Certaines balles atteignent la façade de la ferme. Jeanne trouve la force de se hisser et voit le deuxième soldat français s'écrouler sous la fenêtre de la cuisine. Le dernier rampe en direction des bottes de foin où sont cachées les filles. Il a perdu son képi, trois balles dans la tête l'achèvent. Des voix en allemand se rapprochent. Camille est découverte par un officier qui lui hurle dessus, elle ne comprend rien. Sa mère sort de sa cachette, le supplie de ne pas faire de mal à sa fille, le soldat se retourne et tire une rafale sur elle. Elle tombe devant les yeux horrifiés de Lisette, désormais à découvert. La sœur de Lisette tente de fuir. Un soldat la poursuit. Il rattrape l'adolescente et la plaque au sol. Jeanne trouve une force surhumaine pour surgir de la fenêtre de la cuisine, arme à la main. Elle abat le soldat. Les autres ripostent. S'ensuit un long silence. Jeanne ne bouge pas, elle retient son souffle puis ferme les yeux. La balle lui a transpercé le cœur.

*

* *

Suzanne a entendu les détonations. Elle sort de la forêt. Elle avance à tâtons, méfiante. Elle ne distingue pas le cadavre du soldat allemand de ceux des Français. Elle reconnaît la robe de la paysanne, puis celle de la sœur de Lisette, elle détourne le regard. Elle entre dans la maison. Elle sait ce qu'elle va découvrir, le corps de Jeanne. Ses oreilles se bouchent, ses jambes flageolent, une violente nausée la saisit. Elle sort de la maison et vomit. Elle s'affale contre la façade. Elle ne sait pas combien de temps elle reste ainsi. À quoi bon fuir en pareilles circonstances. L'horreur de la guerre, les policiers à ses trousses. Elle va abdiquer. Attendre ici. Que quelqu'un la tue ou vienne l'arrêter. Ce qui revient au même.

Encore hagarde, après plusieurs longues minutes, elle ne sait pas combien de temps, elle perçoit une voix féminine, relève ses yeux sur le beau visage lumineux de la sœur qu'elle a croisée dans le cloître de l'abbaye.

— Que s'est-il passé ? Où est Lisette ?

Suzanne n'a pas les mots. Baisse la tête, résignée. Et désigne du doigt le corps de la fillette gisant au pied d'une meule de foin.

Agnès pousse un cri d'effroi mais trouve la force d'aller voir le cadavre de la petite qu'elle aimait tant. La religieuse la serre contre elle, ne peut réprimer ses sanglots, signe le front de la petite morte. Elle s'en veut, elle aurait dû venir plus tôt chercher Lisette et sa famille. Elle aurait dû se fier à son pressentiment. Mais la tâche à l'hôpital, immense, l'a accaparée. Elle secoue Suzanne. Elle ne sait pas qui est cette femme, mais elle a l'impression que son visage lui est familier. Qu'importe, elle a besoin de secours, elle est sous le choc.

— Allez, il ne faut pas rester là, ils pourraient revenir. Comment vous appelez-vous ?

Suzanne, dans un élan de survie, répond :

— Jeanne… Jeanne Charrier.

La journée décline, les deux femmes se rapprochent de l'orée du bois, laissant l'horreur derrière elle. Une silhouette se détache dans les derniers rayons de cette journée meurtrière. Une apparition presque fantasmagorique. Un homme magnifique et totalement nu se dresse devant elles. Les bras écartés, il implore le ciel, tient des propos décousus, en une langue incompréhensible. Son torse est recouvert de traces de sang, des écorchures certainement causées par les branches de la forêt, une blessure de balle sur son bras gauche. L'homme se jette aux pieds d'Agnès dans un cri bouleversant. Il pleure, embrasse le bas de sa robe. La moniale détache sa cape et couvre l'homme qui se blottit contre elle comme un tout petit enfant terrifié par des cauchemars nocturnes.

*
* *

La nuit et ses ténèbres ont pénétré la maison de Lisette. Le gendarme Bernard et Compoing inspectent les lieux. Le flic, un bandage à la tête, fait abstraction du spectacle de désolation. Seul le corps de Jeanne l'intéresse. Il regarde sa main, elle porte une alliance. Il la lâche violemment, courroucé.

— Ce n'est pas elle, mais juste sa passeuse...

— Mais elle vous obsède cette femme, qu'est-ce qu'elle a fait ?

Compoing fusille du regard le gendarme terrifié par la haine qu'il y lit.

— Suzanne Faure a tué ma femme ! Suzanne Faure doit mourir.

DEUXIÈME PARTIE

1

14 septembre 1914

Suzanne est mal à l'aise dans sa robe blanche de novice. Les sœurs ont lavé ses vêtements couverts du sang de Jeanne et salis par les heures de cavale. Elle accuse le choc. Elle a peu dormi, tendue par la nervosité accumulée les dernières heures. Réveillée aux aurores par les louanges des laudes qui montaient peu à peu depuis l'église et envahissaient le cloître puis l'abbaye tout entière, elle avait ensuite ressenti une puissante émotion. Elle n'a jamais cru en Dieu, mais la douce voix des sœurs et la beauté des lieux l'avaient touchée. Ce matin pourtant, elle est bien décidée à quitter le couvent le plus vite possible. L'hospitalité de la mère supérieure est provisoire, et Compoing finira bien par la retrouver. Les sœurs sont déjà attablées au réfectoire, Suzanne attend, elle ne sait pas si elle peut les rejoindre.

— Bonjour, Jeanne...

Suzanne ne répond pas.

— Jeanne ?

Suzanne doit intégrer cette nouvelle réalité, elle n'est plus Suzanne Faure, elle est Jeanne Charrier. Agnès lui présente un homme de confiance, il va pouvoir l'accompagner à la gare de Nancy puisqu'il a du matériel à aller chercher là-bas pour l'état-major. Mais il ne faudra pas trop tarder, partir en début d'après-midi, car les lignes ferroviaires risquent d'être coupées sur toute la Moselle pour empêcher les Allemands de passer. Suzanne se tiendra prête. Agnès lui propose de la suivre pour petit-déjeuner avec les autres sœurs. Suzanne se fond dans la masse des novices. Elle observe les jeunes filles, essaie de deviner leur histoire, ce qui a bien pu les mener à ce choix de vie si radical. Elles ont toutes un visage apaisé, malgré les temps difficiles, l'horreur des combats qu'elles se prennent de plein fouet. Suzanne a toujours trouvé fascinante la dévotion des moniales. Faire le sacrifice de leur féminité, n'aimer qu'un seul homme, Jésus, tout lui offrir, sans jamais être traversées par les doutes. Un mystère troublant, renforcé par le silence qu'elles observent pendant ce repas frugal. Pourtant, ce silence n'est pas mutique. Le mutisme, c'est la violence, alors que le silence est parole de cœur.

Les femmes se lèvent de table et se mettent en rang par deux, elles arpentent les couloirs remplis de nouveaux blessés, la journée va être longue, encore. Elles espèrent que leurs prières matinales seront entendues et que beaucoup d'hommes seront sauvés. Elles croisent le docteur Duvernet. Joseph est suivi de Compoing. Suzanne se raidit et baisse la tête pour qu'il ne la remarque pas. Ce chien ne la lâchera donc jamais. Son cœur s'accélère, surtout ne pas paniquer, elle va se noyer dans le groupe des jeunes religieuses, tout ira bien. Joseph ordonne à Compoing de quitter les lieux, les civils n'ont rien à faire ici, qui est-il pour fouiner ainsi parmi les blessés ? Compoing lui tient tête, il est de la police judiciaire et recherche une meurtrière. Joseph ne lui laisse même pas le temps de décrire la fuyarde, il coupe court à la conversation.

— Les femmes ici sont toutes des religieuses et les blessés, tous des soldats. Alors, quittez les lieux sur-le-champ !

Agnès s'arrête devant un blessé, alité à l'écart. Il s'agit du bel homme découvert la veille errant dans la forêt. Elle n'arrive toujours pas à chasser l'image du cadavre ensanglanté de Lisette. Elle devra vivre longtemps avec ça. L'homme a le regard dans le vague, il est immobile, sur son visage l'effroi le dispute à la boue séchée et au sang. La sœur s'agace que personne ne l'ait encore nettoyé. C'est comme si ce blessé lui était destiné. Elle sent un besoin irrépressible de s'occuper de lui. D'abord, l'homme ne réagit pas à sa présence, muré dans un silence pesant et douloureux. Agnès se saisit d'une bassine, son corps est aussi sale que son beau visage. Elle passe doucement une éponge pleine de savon sur les joues, le cou, la poitrine. Elle est fascinée par ce torse musclé, recouvert de cicatrices, parfaitement dessiné, sa mâchoire carrée, le magnétisme qu'il dégage malgré son état de santé déplorable et sa confusion psychologique. Agnès ressent un trouble inédit, elle n'est pas qu'attendrie, elle est submergée d'émotions et une vague de frissons parcourt son corps. Agnès n'a jamais vraiment habité son corps, elle ne sait pas ce qui peut se passer à l'intérieur, elle a détourné tout ce qu'il y avait de charnel en elle vers l'esprit, le cérébral. Il faut qu'elle se ressaisisse, les drames des dernières heures doivent l'amollir. C'est la première fois qu'elle touche ainsi un corps d'homme. Ce n'est pas anodin pour elle. Elle tente de se rattraper par la parole, entamant une série de questions pour faire réagir le blessé. Qui est-il ? Quel est son bataillon ? De quelles atrocités a-t-il été témoin ? L'homme demeure silencieux mais ses yeux parlent, la douceur de la femme l'émeut, il réagit à sa voix. Agnès ne sait rien de cet inconnu, mais elle a l'impression d'être liée à lui depuis toujours.

2

Caroline est bouleversée. Assise sur le banc de la gendarmerie transformée en état-major des armées, elle n'arrête pas de penser à la rencontre fortuite avec Marguerite. Ça lui allait bien de vivre avec son souvenir, mais elle n'était pas préparée à ce qu'elle surgisse dans son quotidien. Cette nuit, elle a encore eu une insomnie, provoquée à la fois par le départ de Victor, les problèmes à l'usine et les retrouvailles embarrassées avec la grande rousse. Des flashs de leur dernière soirée parisienne lui remontaient. En suivant Victor, elle avait laissé derrière elle une existence difficile, une existence de moins que rien, mais elle avait surtout laissé une amie, une sœur, un grand amour. Les sentiments que Caroline nourrissait à l'époque pour Marguerite étaient mélangés. Elle avait abandonné Marguerite du jour au lendemain, sans la préparer à son départ. C'était la seule solution pour pouvoir partir, sinon Marguerite aurait usé de ses charmes, de son pouvoir de séduction et de son esprit vif pour avoir le dessus et la faire plier comme chaque fois. Caroline devait apprendre à vivre, penser, être sans Marguerite. Le fait qu'elle revienne pile au moment où Victor s'est absenté n'est pas anodin. Ce serait une folie de lui refaire une place maintenant, elle est une Dewitt depuis si longtemps, encore plus aujourd'hui puisqu'elle est à la tête de l'entreprise, et puis il y a Madeleine, Madeleine compte plus que tout. Marguerite avait été froide avec Madeleine, elle ne sait pas ce que c'est d'avoir un enfant, les priorités que cela implique. Elle n'ira pas la voir à l'hôtel, elle ne lui doit aucune explication. Si elle la croise, elle sera polie, mais se tiendra à distance.

— Madame, je suis désolé, le général ne peut pas vous recevoir. Il s'est renseigné : aucune demande de sursis d'appel n'a été enregistrée pour les ouvriers de Victor Dewitt.

— Ce sont désormais mes ouvriers ! Mais je ne comprends pas... Mon beau-frère travaille au ministère à Paris, il nous a assuré que la demande avait reçu un avis favorable ! J'ai besoin de ces hommes pour faire fonctionner l'usine...

— Madame, la France aussi a besoin de ces hommes pour se défendre !

Elle n'a d'autre solution que de porter la mauvaise nouvelle à l'usine. Denise et les épouses des ouvriers vont lui en vouloir. Mais elle n'y peut rien. Elle n'est pas une lâche, elle devra les affronter. Dans la voiture qui la ramène à la propriété des Dewitt, elle essaie de roder son discours, cherche les mots justes. Un véhicule qu'elle n'a jamais vu est garé devant la demeure. C'est une voiture de sport un peu clinquante. Elle espère que d'autres ennuis ne vont pas s'ajouter à cette crise.

Charles Dewitt se tient au milieu du salon devant Madeleine, impressionnée, et Éléonore aussi surprise que dubitative. Il est vêtu d'un complet trois-pièces très apprêté qui lui donne des allures de dandy. Caroline est soulagée. Si elle a toujours eu du mal avec son beau-frère, elle se dit qu'un homme à la maison en ces temps troubles est plus que bienvenu. Caroline lui confie la fin de non-recevoir qu'elle a dû essuyer à l'état-major. Il assure avoir contacté tout le monde au ministère, mais comme le gouvernement est en plein déménagement à Bordeaux, la demande a dû se perdre. Éléonore doute de la version de son fils, elle sait de quoi il peut être capable, il a toujours fui ses responsabilités, elle voit bien que ses explications sont un peu bancales. Caroline, quant à elle, semble adhérer à ses propos.

— Comme Victor est parti… Je me suis dit que vous pourriez avoir besoin de moi.

Éléonore est soucieuse. Elle s'interroge sur les réelles intentions de son fils. Et puis, il y a ses problèmes d'addiction, en a-t-il terminé avec la cocaïne ? Elle doute qu'à Paris il se soit libéré de ses vieux démons. Ce gamin lui a toujours donné du fil à retordre. Chaque fois il s'en sort, chaque fois elle le protège. Elle va encore lui accorder une chance.

Charles monte s'installer dans sa chambre, satisfait d'avoir mis Caroline si facilement dans sa poche. Elle est en position de faiblesse, c'est une aubaine pour lui. Il déteste Saint-Paulin, il déteste sa mère. Victor n'est plus là pour remporter tous les compliments, toute l'attention, la voie est enfin libre pour faire ce qu'il veut de l'usine. Il revient pile au bon moment. L'homme se regarde dans le miroir de sa chambre, il se recoiffe, plaque ses cheveux en arrière et jubile. C'est l'heure de sa revanche.

3

Le tocsin vient de sonner. Les blessés affluent. Ce matin, les sœurs sont dépassées par la situation, elles se dispersent dans le cloître. Agnès s'étonne que Suzanne reste auprès d'elle. La jeune femme affirme être infirmière à la Pitié-Salpêtrière. La religieuse ne peut refuser l'aide d'une main experte. Le contexte ne permet pas de tergiverser. Les deux femmes rejoignent les sœurs dans une petite pièce où sont rangés les tabliers. Il ne reste plus de charlotte pour se couvrir les cheveux, Agnès tend alors un voile de religieuse à Suzanne et l'aide à le fixer sur sa tête. C'est la pagaille dans le cloître. Il n'y a jamais eu autant de blessés au couvent. Suzanne remarque la présence de deux gendarmes, elle reconnaît Bernard. Elle doit rester sur ses gardes, mais la priorité est d'essayer d'apporter le meilleur d'elle-même dans ce chaos. Les soignantes déchirent les vêtements des blessés et découvrent des plaies à vif. Suzanne n'a jamais été confrontée à des blessures aussi graves. Au milieu de la scène, le docteur Duvernet agit en chef d'orchestre, Suzanne l'observe. Il secoue les novices qui ne vont pas assez vite ou s'attardent à vouloir réanimer les morts. D'un coup, il fonce vers deux brancardiers qui jettent violemment à terre un blessé.

— Ça va pas ! Qu'est-ce qui vous prend ?

— Ben, c'est un boche... On l'a trouvé au milieu des autres.

— Mais vous n'avez donc plus aucune humanité !

Joseph attrape par la manche Geneviève, la novice qui court d'un blessé à l'autre sans être vraiment efficace. Il lui intime l'ordre de s'occuper de l'Allemand.

— Nous devrions plutôt nous occuper de nos soldats, c'est le serment que nous avons fait devant Dieu.

— Mon serment à moi, c'est celui d'Hippocrate ! Et la vie de cet homme ne vaut pas moins qu'une autre !

Suzanne ne tient plus en place face à l'absurdité de la situation. Elle s'agenouille auprès du blessé ennemi, déchire son pantalon et découvre sa jambe presque gangrenée. Il faut l'opérer sur-le-champ. Étonné de la présence de cette femme qu'il n'a jamais vue parmi les moniales, Joseph adopte un ton un peu sec.

— Mais vous êtes qui, vous ?

— Jeanne Charrier, infirmière.

— Ah, enfin ! Il était temps que vous arriviez, Jeanne. Vous allez faire le tri des blessés, étiquettes vertes, blessures légères, jaunes, moyennes, rouges, graves qui nécessitent une opération sur-le-champ.

Suzanne comprend la méprise et regarde sa montre, elle a trois heures devant elle avant le rendez-vous avec son chauffeur. Joseph s'éloigne. Discrètement, lorsqu'elle est en pleine action, le médecin observe la jeune femme. Il trouve étrange qu'on ne lui envoie qu'une seule infirmière en renfort, mais elle a l'air expérimentée, quelque chose d'assuré se dégage de ses gestes. Des femmes solides comme ça, il aimerait en voir arriver d'autres prochainement. Depuis le début du conflit, Joseph entend parler des femmes, religieuses et infirmières, qui prennent des risques considérables pour résister et soigner. Il a vu en photo dans les journaux la supérieure de l'hôpital de Gerbéviller, encore plus à l'est, qui a offert l'asile à un millier de blessés et refusé de remettre les soldats aux Allemands, tenant bon sous les bombardements, jusqu'au repli des troupes ennemies. Il a également entendu parler des quatre sœurs Vatel qui ont ravitaillé des soldats français dans un bois de la Marne cerné par l'ennemi. Ces femmes sont toutes des héroïnes, Joseph en est convaincu. Les sœurs du couvent de Saint-Paulin commencent à se montrer extrêmement courageuses, il en convient, même s'il est dur avec elles. De cette Jeanne Charrier, il ne sait si c'est une Croix-Rouge[1] ou une civile. Mais il pressent qu'elle a l'âme d'une battante. Et ça lui plaît.

*

* *

Geneviève jette un seau d'eau sur la table d'opération, elle est prise d'un haut-le-cœur et se retourne pour vomir. Devant le regard agacé du médecin-chef,

---

1. Forte de 112 000 membres, 400 comités locaux et la confiance de l'armée, la Croix-Rouge française entre dans la guerre prête à recevoir les flots de soldats blessés. Tout au long de ces quatre années de guerre, elle mettra en place près de 1 500 hôpitaux auxiliaires dans la zone arrière, 89 infirmeries de gare et 90 cantines de gare, fonctionnant avec près de 68 000 infirmières diplômées.

elle se reprend et poursuit son nettoyage. Il n'y a pas de temps à perdre, les blessés graves se succèdent à la table du chirurgien. Geneviève n'a jamais vu autant de sang. Il va falloir qu'elle s'y fasse, la jeune fille a conscience que ce n'est qu'un début.

Un nouveau blessé est déposé sur la table. Suzanne suit en courant. Elle crie en bousculant Geneviève.

— Plaie ouverte à la jambe droite. J'ai extrait les fragments d'obus visibles. Mais il perd beaucoup de sang. C'est peut-être l'artère fémorale ?

Joseph valide le diagnostic, impressionné par le professionnalisme et les connaissances de Suzanne, place un morceau de cuir dans la bouche du soldat pour qu'il contrôle sa douleur et suture la plaie.

— Vous avoir avec moi va me faciliter la tâche.

— Écoutez, Docteur...

— Appelez-moi Joseph.

— Joseph, il y a un malentendu, je dois rejoindre ma famille en Suisse. J'ai un train à prendre dans l'après-midi...

— Mais vous vous foutez de moi ! Regardez autour de vous !

Suzanne est tiraillée. La présence des gendarmes fouinant dans le couvent l'inquiète, elle sait qu'elle risque sa vie en s'attardant sur les lieux. Trois blessés bien amochés la tirent de sa réflexion. Joseph s'apprête à en placer un en salle d'opération, mais il est démuni, car l'opération du soldat précédent nécessite deux ou trois heures d'intervention, il ne va pas y arriver. Il va devoir sacrifier ce blessé. Suzanne saisit l'occasion.

— J'emmène ces trois-là avec moi à Pont-à-Mousson, je les déposerai à l'hôpital, j'ai un chauffeur qui m'attend maintenant sur la place, on doit partir immédiatement !

Joseph n'a pas le temps de donner son avis, Suzanne suivie des brancardiers a déjà filé. Cette femme l'impressionne par son esprit d'initiative. Il se désole qu'elle soit obligée de partir.

*

* *

Sur la place du village, Compoing attend Bernard avec la certitude que Suzanne se cache à l'intérieur du couvent, peut-être même sous la protection du médecin-chef. Duvernet a été trop véhément avec lui. Il est tout de même lieutenant de police judiciaire, et on l'a traité comme un moins que rien. Il faut qu'il trouve un moyen de fouiller l'hôpital. Des brancardiers passent devant lui, en sens inverse des autres. Compoing ne remarque pas l'infirmière voilée. Il va à la rencontre de Bernard qui sort de l'hôpital-couvent. Le gendarme est bredouille, il n'a vu que des blessés, des brancardiers et des bonnes sœurs à l'intérieur, pas du tout le cadre pour cacher une meurtrière. Compoing tape du pied, serre les poings, il n'en démord pas, il sent que Suzanne est dans les parages, il est lié à cette femme par le sang et le désir de vengeance. Qu'importe si sa hiérarchie le rappelle à Paris, qu'importe s'il risque d'avoir des ennuis, s'il délaisse ses enquêtes. Retrouver Suzanne Faure est désormais le seul et unique but de sa vie. Il n'a plus rien d'autre. Il a déjà tout perdu.

4

Les camions sont à l'arrêt dans la cour de l'usine. Tout est suspendu, les machines sont dans la position dans laquelle les ouvriers les ont laissées la veille. Caroline est dubitative, Éléonore atterrée. Les deux femmes se rejoignent pour une fois. Charles est buté. Selon lui, la seule solution pour sauver l'usine est d'arrêter de produire des camionnettes pour fabriquer des munitions. Les usines Citroën du quai de Javel à Paris s'y sont mises, celles de Peugeot à Sochaux également. Les besoins en munitions, en obus et bombes sont croissants, la main-d'œuvre est étrangère, elle vient essentiellement des colonies. Charles a tout prévu, évidemment, il a vu ça avec le « ministère ». Caroline est certaine que Victor ne cautionnera pas cette transformation, fabriquer des camions et des munitions, ce n'est pas tout à fait la même chose. Et puis, moralement, elle fait un blocage. Des munitions pour des armes, ce n'est pas anodin. Même si c'est destiné à éliminer l'ennemi. Elle a du mal. Elle lit dans le regard dur d'Éléonore de la méfiance.

— Charles, est-on vraiment obligés d'en arriver là ? Il doit bien y avoir une autre solution…

— Il faut être réaliste, Caroline, j'ai eu le banquier tout à l'heure, cela fait trois mois que nous n'avons pas encaissé la moindre traite.

— Quoi ? Mais Victor ne m'a rien dit ! Et puis, pourquoi Delcourt n'est-il pas venu me voir pour en discuter ?

— Il faut croire que ton mari ne te dit pas tout, et Delcourt doit préférer s'adresser aux hommes.

Caroline est doublement piquée au vif. Même si un contrat de l'armée les sauverait de la faillite, elle peine à admettre qu'il n'existe pas d'autres solutions. Le temps presse, oui, mais elle a besoin de se poser, de réfléchir, elle n'est pas du genre à prendre une décision à l'emporte-pièce. Elle laisse Charles et Éléonore rentrer à la maison. Elle les regarde s'éloigner marchant à distance l'un de l'autre. Rien ne laisse présager qu'ils sont mère et fils. Aucune complicité ne semble les unir. Caroline fait le tour de l'usine, touche les machines, constate que huit camions attendent les dernières finitions. C'est du gâchis de ne pas terminer le travail.

Poussée par une intuition, elle va dépasser sa crainte d'affronter les femmes des ouvriers. Il faut qu'elle parle à Denise, c'est elle qui a le plus d'influence. Caroline se dirige vers la maisonnette de Denise et Fernand. La femme de trente ans à peine, mais déjà usée par la vie, coupe du bois. Elle ignore Caroline, cette dernière balbutie :

— Denise… J'ai une idée. Ce qui reste à faire… On pourrait le faire à la place des hommes, ce n'est pas très difficile, et puis il reste Jean, le contremaître…

— Vous nous devez de l'argent, et vous avez envoyé nos maris à la guerre ou à l'échafaud ! Vous nous avez menti et vous pensez qu'on va en plus travailler à l'œil ?

— Si on finit le travail, je pourrai livrer les camions, et donc je pourrai vous payer.

Denise n'arrête pas de couper du bois, elle y met encore plus de rage, elle contrôle sa colère pour ne pas coller une gifle à sa patronne. Caroline perçoit l'exaspération dans son regard.

— S'il vous plaît, Denise, parlez aux autres. J'ai besoin de vous, Denise, de vous toutes ! C'est ensemble que nous pouvons sauver l'usine.

5

Yvonne n'a pas perdu une minute. Elle a vu la grande rousse sortir de l'hôtel, elle se demande bien ce qu'elle traficote sur ses heures de pause, elle prend déjà bien de trop de liberté, et Marcel qui ne dit rien, qui la regarde ébahi… Yvonne fouille rarement dans les chambres des filles, mais là elle veut en avoir le cœur net, Marguerite prépare quelque chose de louche. Elle se glisse dans la chambre, ouvre l'armoire, découvre la garde-robe de la prostituée, quelques beaux jupons et corsets. Elle a un bon train de vie et fort bon goût si on en juge la richesse des tissus de sa toilette. Yvonne s'attaque à la commode et s'ébahit devant la finesse de la lingerie, elle ne peut s'empêcher de mettre les pièces devant elle et de s'observer dans le miroir en pied. Elle se rend à l'évidence, ce type de lingerie n'est pas pour elle, son corps est trop sec, seule une voluptueuse comme Marguerite peut se permettre pareille panoplie. Ça la rend encore plus jalouse. Elle prend soin de tout remettre à sa place. Enfin, elle ouvre la valise, découvre le double fond, les cartes annotées et les économies de Marguerite. Yvonne a donc vu juste. La prostituée est une espionne.

*
* *

Marguerite serre la photo du jeune homme contre son cœur. Elle a encore rêvé de lui cette nuit. Un cauchemar. Il mourait sur le champ de bataille, ce n'était pas son corps qu'elle découvrait, mais celui d'un nourrisson. Elle s'était réveillée trempée de sueur. Une sueur glacée.

Elle a retrouvé son poste d'observation, au-dessus du cantonnement. Elle range le cliché dans sa poche, se munit de ses jumelles. Des fumées s'échappent des montagnes, les bombardements font rage. Elle tente de faire abstraction des détonations. Elle aperçoit un bataillon qui sort de la forêt, elle se focalise sur les visages crasseux et exténués par la rudesse des combats. Deux très jeunes hommes attirent son attention, vingt ans, vingt-deux tout au plus. Ils ont l'air complices, des frères d'armes. Marguerite est stupéfaite, l'un des deux, le plus jeune, correspond à la photo. C'est lui, c'est bien Colin, c'est son fils ! Il est encore plus beau en vrai. Elle a envie de dévaler la pente et de le prendre dans ses bras. Elle doit se contrôler, il n'était qu'un bébé lorsqu'elle l'a confié à l'Assistance publique, c'est désormais un jeune homme. Elle l'a retrouvé, enfin. Elle attendra le bon moment pour l'approcher.

— Qu'est-ce que vous faites là ?

Marguerite a reconnu la voix du capitaine Delille, son premier client au bordel. Elle est en faute. Elle se redresse et remonte vers sa voiture, garée sur la route surplombant la forêt et le cantonnement.

— Vous pensez aller où, là ? Vous cherchez à racoler près du cantonnement, c'est ça ? Vos questions de l'autre soir, c'était donc pour ça ?

Delille attrape fermement le bras de Marguerite, il sent une forte montée de désir pour elle, mais il contrôle sa pulsion, il doit faire son devoir.

— Vous venez avec moi, je vais dire deux mots à votre employeur et votre voiture est réquisitionnée.

— Réquisitionnée ?

— Oui, elle sera plus utile à l'armée qu'à une pute comme vous !

Si l'homme n'était pas un militaire, elle l'aurait frappé pour s'échapper. Là, elle n'a d'autre choix que d'obtempérer. Le jour viendra où elle ne se soumettra plus à l'autorité injustifiée des hommes.

*
* *

La situation est ironique. Les deux hommes ne se sont pas vus depuis cinq ans au moins, on ne peut pas vraiment qualifier leur lien d'amitié, mais ils ont toujours été proches, unis depuis l'enfance par les petites arnaques et les mauvais coups. D'un côté, le gosse de l'orphelinat malin et roublard, de l'autre, le bourgeois médiocre attiré par les voyous. Charles se tient devant Marcel, le regard par en dessous ; Marcel connaît trop ce regard un peu lâche, il vient lui demander quelque chose. Il va lui bouffer dans la main, l'idée lui plaît. Charles n'y va pas par quatre chemins, il a besoin de 50 000 francs pour transformer l'usine en fabrique de munitions.

— Mon couillon de frère nous a foutus sur la paille.

— Et dire qu'il y a trente ans à l'école, j'avais pas de chaussures et là, c'est toi qui as besoin de mon fric... La roue tourne, mon gars...

Marcel se sert un verre de whisky, il savoure la situation, il va l'aider, mais il le laisse un peu mariner.

— Et laisse-moi rire. Toi, t'occuper de l'usine ? Mais tu la détestes, l'usine, tu détestes Saint-Paulin... Et Paris, alors ?

Charles joue cartes sur table, avoue qu'il s'est fait virer du ministère, sans développer les raisons. Marcel n'est pas étonné, Charles incarne l'échec.

— Ah, mais je comprends mieux, tu cherches un moyen d'échapper à la guerre, donc tu veux reprendre l'usine !

— Tout le monde n'a pas la chance d'avoir un œil crevé...

Marcel met machinalement sa main sur sa paupière, mais ne relève pas.

— Mais c'est pas ta belle-sœur la patronne, maintenant ? Elle en pense quoi de ton idée lumineuse ?

Charles s'assombrit.

— Ma belle-sœur, je l'emmerde. C'est pas une femme qui va m'empêcher de rebondir, c'est personne cette fille, personne ! Je suis certain que Victor l'a ramassée dans un faubourg.

Marcel est impressionné par la rage teintée de haine de Charles. Il en déduit que quelque chose d'autre se joue chez les Dewitt. Ça l'amuse qu'il y ait du remue-ménage dans cette famille de tarés ; avec Yvonne, ils ont toujours haï la vieille Dewitt et son mari défunt, trouvé Victor méprisant et trop sérieux – un homme qui ne va jamais au bordel, c'est louche.

— Je vais voir ce que je peux faire, en attendant va te calmer un peu. Juliette ! J'ai un client pour toi.

La jeune fille qui obéit à Marcel au doigt et à l'œil débarque en tenue légère, s'accroche au cou de Charles et l'invite à la suivre à l'étage.

— Tu vas voir, c'est la meilleure, cadeau de la maison ! Pareil pour la coke, fais-toi plaisir. Pour le reste, ne te fais pas de mouron, l'argent sera disponible demain. N'oublie pas de mentionner mes parts dans l'usine quand tu signeras la reconnaissance de dette.

Marcel et Juliette disparaissent. L'officier Delille déboule dans l'hôtel tenant Marguerite fermement. Yvonne ne perd pas une miette de la scène, elle jubile.

— Si je trouve encore une fois une de vos putes en train de racoler près du cantonnement, je fais fermer votre bouge !

Il balance Marguerite contre le comptoir sous les yeux effrayés des autres filles.

Marcel empoigne Marguerite et la monte dans une chambre. Il crie à Yvonne d'appeler Gaston. Marguerite sait qu'elle va passer un sale quart d'heure. Ça va très vite dans sa tête, il faut qu'elle trouve une façon de retourner la situation. À peine entré dans la pièce, Marcel lui colle une gifle. Elle encaisse.

— Tu sais quoi ? Je pense pas que tu sois le genre de pute qui essaie de faire des extras dans mon dos, le cul dans les ronces...

Il saisit la valise, l'ouvre, la secoue et fait tomber les cartes de France avec la ligne de front.

— Et ça, c'est quoi ? Tu roules pour les boches ?

— Oh là ! Mais non, tu te méprends...

— Arrête avec ton vocabulaire de grande dame !

Marguerite est acculée. Elle avoue être à la recherche de quelqu'un. Gaston entre dans la chambre, ceinture Marguerite contre lui pendant que Marcel met la pièce à sac, jusqu'à ce qu'il tombe sur la photo du jeune soldat.

— C'est lui que tu cherches ? T'es maquée avec un saint-cyrien ? Non, il est trop jeune, toi, ta came, ce sont les hommes mûrs qui ont du répondant !

Marcel la frappe à nouveau. Marguerite se retient de lui cracher au visage.

— C'est pas mon mec, c'est personne ! Fous-moi la paix, Marcel ! Moi je me tire d'ici, du boulot je peux en trouver ailleurs...

— Ah non ! Une bonne gagneuse comme toi, j'aime autant la garder. Et estime-toi heureuse, l'armée serait moins clémente si je lui remettais toute cette paperasse...

Il prend tous les documents. Marguerite le supplie de lui rendre la photo. Il ne lui fera pas ce cadeau-là. Par cette photo, il la tient. Enfin, il exerce une emprise sur cette femme.

6

Charles est rassuré, il peut compter sur Marcel pour l'argent. Pour le reste, pour les parts dans l'entreprise, il avisera, il trouvera bien une façon de l'entourlouper. Charles s'en sort toujours. Marcel joue les voyous, mais en fait il ne peut rien contre lui. Sans Gaston et sa sœur, il ne fait pas le poids. Reste plus qu'à amadouer Caroline, elle finira bien par se plier à sa volonté, elle n'a pas l'étoffe d'une patronne. Une fois qu'elle sera de son côté, il ne fera qu'une bouchée de sa mère. Ainsi, il se vengera des humiliations répétées. Depuis toujours Éléonore a privilégié Victor, le fils préféré. Il va lui prouver que c'est lui, le chef, qu'il n'est pas le raté de la famille, le vilain petit canard. Lui aussi peut réussir.

Au moment où la voiture de Charles s'engage dans la cour de l'usine en sort un camion conduit par une femme. Surpris, il se gare et pénètre dans l'atelier. Il découvre les femmes des ouvriers affairées, les unes appliquées à souder, les autres manœuvrant des poulies, passant des cordes dans des rivets, martelant, dans une cadence impressionnante, sous la direction et les encouragements de

Jean, le contremaître. Charles, aussi stupéfait que dégoûté, salue d'un signe de tête hypocrite les nouvelles ouvrières. Il demande, sur un ton doucereux, des explications à Caroline. Elle a tout prévu, les camions vont pouvoir être livrés en temps et en heure. La brasserie Laveyre pourra les payer, et donc rassurer la banque. Ensuite, elle trouvera de nouveaux clients.

— J'ai sauvé l'usine. Comme Victor l'aurait souhaité.

Charles a du mal à supporter l'affront de sa belle-sœur, sa soudaine suffisance. Caroline, elle, est fière d'elle. Elle se sent utile, déterminée. Denise et les autres femmes lui font désormais confiance. Avec ces femmes fortes, elles forment une équipe soudée. Elles vont s'en sortir. Elles sont des combattantes à leur façon. Les métiers d'hommes ne les effraient pas. Elles ont une volonté de fer. Il ne faut pas sous-estimer la volonté des femmes.

*

* *

Ne pas sous-estimer les femmes, c'est exactement ce que Marcel assène à Charles au téléphone quand celui-ci lui annonce les nouvelles de l'usine. Il lui promet qu'il va régler ça, il connaît le client Laveyre, ça coûtera 5 % en plus des recettes de l'usine Dewitt. Marcel raccroche puis retrouve Gaston devant l'hôtel pour charger sa voiture avec des bouteilles d'alcool, du tabac et de la drogue glissée dans les cartons. Ils vont ravitailler le cantonnement. Tout le monde est gagnant dans l'histoire : les soldats viennent au bordel, la drogue et l'alcool vont au cantonnement. Les affaires roulent. Finalement, la guerre a du bon. Marcel est satisfait de la tournure que prennent les événements. Il s'adapte, comme toujours. Et puis, il a sa petite idée, il va en profiter pour enquêter sur Marguerite. Yvonne a insisté, et lui aussi a envie de savoir qui est ce saint-cyrien. Marguerite le fascine, Marguerite le provoque, Marguerite l'obsède.

Sur le cantonnement, le cantinier l'accueille. Il l'attendait avec impatience, les combats ont été rudes aujourd'hui, les gars ont besoin d'un remontant. Marcel lui fait signe de le suivre sous une tente. En échange d'une liasse de billets, Marcel lui donne de la coke. La cocaïne permet de calmer les nerfs sur la ligne de front et parfois d'améliorer les performances. La hiérarchie sait, mais feint de ne rien voir. La gnôle, l'éther et la coke aident à tenir. Ce n'est pas humain, la guerre, il faut bien un carburant pour ne pas craquer.

— Bientôt, je rentre un truc nouveau, ça vient de Hollande. Normalement, faut avoir une ordonnance pour s'en procurer. L'héroïne, tu connais ?

Le jeune cantinier secoue la tête.

— Tu vas voir, ça fait un truc dingue, après tu planes et tu sens plus rien, encore mieux que la coke et la morphine, un peu comme l'opium...

Avant la guerre, le cantinier n'avait jamais fumé une seule cigarette. Les effets des drogues lui étaient inconnus, mais la dureté des combats et l'horreur du quotidien ont eu raison de sa volonté. Il a cédé aux sirènes de la cocaïne, et désormais, il est prêt à essayer tout ce que Marcel lui fournira.

Au café de fortune, Marcel repère un groupe de tout jeunes saint-cyriens. Il approche et reconnaît tout de suite le beau jeune homme aux yeux bleus, aux traits si délicats de la photo. Il ressemble à Marguerite. Son petit frère ? Son fils ? La piste de l'amant s'éloigne. Marcel s'installe avec eux. Il savoure sa découverte, c'est plus qu'il n'espérait.

— Cigarettes, les gars ?

7

Le blessé mutique fixe Agnès avec intensité. Un regard plein de reconnaissance, de tendresse et peut-être plus encore. Elle vient de lui sauver la vie, une deuxième fois. Il ne va pas retourner au front, pas tout de suite. Cette femme le protège comme une mère, il n'ose penser comme une épouse… En fin de matinée, le médecin-chef est venu inspecter l'état de santé de trois autres blessés comme lui traumatisés. Sœur Geneviève a un peu trop insisté pour qu'un jeune soldat accepte de manger, forçant la cuillère dans sa bouche. Le gamin s'était mis à hurler et à se contorsionner, renversant le bol de soupe sur la robe de la moniale. Interpellé par la scène, Joseph avait exigé des explications. Certains soldats sont guéris, d'après le docteur Bruand qui les ausculte régulièrement. Ils sont en état de retourner au combat. Seulement, ils ont peur, terriblement peur, alors ils feignent d'être encore malades, refusant de se nourrir ou de parler. C'est alors que Joseph a remarqué Agnès au chevet d'un soldat inconnu. Il s'est étonné de sa présence dans l'église, un peu à l'écart des autres. Il l'a ausculté, et malgré son état désorienté, son silence et sa confusion mentale, le médecin a estimé qu'il devait retourner au front. Agnès s'est vivement opposée, arguant qu'aucun de ces quatre hommes n'était en état de combattre, les blessures psychologiques étant parfois bien plus profondes et insidieuses que les blessures physiques. Joseph n'en démord pas, physiquement ils sont aptes, et puis il faut faire de la place pour les nouveaux arrivants. Agnès a soutenu le regard de Joseph avant de lâcher :

— Attention à ne pas vous prendre pour Dieu, Docteur !

Agnès s'est étonnée de sa fermeté quasi agressive. Raffermie par sa soudaine insolence, elle a attendu la sortie de Joseph, agacé. Elle a convoqué Geneviève, gênée, et a décidé d'exfiltrer les quatre blessés dans l'aile du couvent uniquement réservée aux sœurs. Face aux hésitations de la novice, Agnès a fait marcher son autorité de mère supérieure ; ce n'était pas au médecin militaire et à l'armée qu'elle devait obéir, mais à elle seule et à Dieu, et la volonté de Dieu était bien de protéger ses enfants de la violence du monde. À la nuit tombée, peu avant le dîner, les deux femmes ont transféré des hommes dans une étroite pièce, uniquement équipée de quelques lits réservés avant la guerre aux nouvelles novices – mais depuis cet été, aucune recrue n'était arrivée à l'abbaye, à croire que la guerre freine les vocations.

Geneviève a regagné sa cellule, les blessés dorment enfin, sauf le grand garçon brun. Agnès allume une bougie, vient déposer une carafe d'eau sur la table de chevet du jeune homme qui n'en finit pas de la dévisager. La flamme éclaire le visage de la religieuse. L'homme remarque sa beauté, ses traits fins, son port de tête altier. Cette femme est magnifique, pense-t-il dans sa douleur, cette femme est la beauté et la bonté conjuguées. Il ferait tout pour ne plus jamais être séparé d'elle. Il sent qu'elle va se lever et partir, il la veut encore à ses côtés, prolonger ce moment intense d'échanges de regards. Ils sont unis par le silence et le mystère. L'homme ose saisir le bras d'Agnès, il serre sa prise. La sœur sent la chaleur se répandre dans tout son corps, c'est délicieux et effrayant à la fois. Ils sont figés dans cette étreinte qui les bouleverse et les perturbe autant l'un que l'autre.

Agnès prend peur, elle a du mal à accepter l'évidence : elle désire un homme. La culpabilité cède la place à la montée du plaisir, elle l'oppresse même. Elle ne peut pas tenir dans la même pièce que cet homme, il faut qu'elle s'en aille, qu'elle respire. Sa robe l'étouffe, son voile la serre, elle a le souffle coupé, elle a chaud, si chaud, trop chaud. Elle repousse l'inconnu, soudain démuni par la brutalité de ce rejet. Au moment de partir, elle ne peut s'empêcher de lancer un dernier regard au blessé. Il la désire aussi. Elle comprend le danger de cette proximité. Elle quitte la pièce, court dans les couloirs, traverse le cloître désert et éprouve le besoin de sortir du couvent. Sur la place du village, elle regarde le ciel, la nuit est étoilée. Elle pense à la petite Lisette ; c'est elle qui aurait dû dormir au couvent avec sa mère et sa sœur, c'est à elle qu'elle devait protection. À la place, elle a accueilli un homme et son désir. Qu'a-t-elle fait, mon Dieu, qu'a-t-elle fait ?

Elle n'est pas seule sur la place, le gendarme Bernard fait les cent pas devant l'état-major. Il a l'air tourmenté. Triste même. Agnès va à sa rencontre.

— Que se passe-t-il, commandant ?

— C'est horrible ce qui s'est passé à la ferme, cette femme, ses filles… C'est pas possible un tel massacre... C'est la guerre, mais s'en prendre à des innocentes... Rentrez un instant dans la gendarmerie, ma Mère.

Agnès le suit dans son petit bureau.

— Je les connaissais bien, je vais avoir du mal à m'en remettre. D'ailleurs, savez-vous si l'on a rapatrié les corps ? J'aimerais leur donner une sépulture.

— Je vais voir ce que je peux faire...

— Bien, essayez de passer une bonne soirée, tout de même.

Agnès est fatiguée, elle veut rentrer dans sa cellule se reposer de toutes ces émotions inédites. Elle sautera le dîner au réfectoire avec les autres sœurs et les médecins.

— Ma Mère ? Attendez un instant... J'ai eu la visite d'un inspecteur de la police judiciaire de Paris, il cherche une meurtrière. Cette femme avait une complice, qu'on a retrouvée morte chez Lisette.

Agnès se fige, elle repense à cette infirmière qu'elle a ramenée au couvent, Jeanne. Que faisait-elle à la ferme ? Quel lien entretenait-elle avec la morte ?

— Et puis-je vous demander le nom de la fugitive ?

— Elle s'appelle Suzanne Faure, la vingtaine, trente ans tout au plus, plutôt jolie.

*

* *

Les sœurs dînent en silence. La toux et les gémissements des blessés se font entendre dans le réfectoire, même s'ils sont à l'autre bout du couloir. Joseph est attablé avec les brancardiers et le docteur Bruand. Il mange avec lassitude et peu d'appétit. Les journées se ressemblent, sans un moment de pause, sans une lueur d'espoir, le bal des blessés, des morts, les arrivants, ceux qu'on renvoie au front la tête basse, les sœurs éreintées, les brancardiers exténués. Joseph désespère de l'arrivée de renforts des infirmières de la Croix-Rouge. Les combats au corps à corps du secteur du col de la Chipotte, passé cinq fois en dix jours des mains des Français à celles des Allemands, ont coûté la vie à 4 000 soldats français, malgré la victoire. Son père, le général Duvernet, lui avait assuré qu'il y aurait une accalmie, mais la nouvelle stratégie de guerre de position fixe les troupes ennemies dans le val de Senones, tout proche, et use les nerfs. Les jours prochains risquent d'être tendus. Il prendra les choses comme elles viennent, il n'est qu'un homme après tout. Il ne peut pas faire de miracles, même dans un lieu de foi. Soudain, une apparition le tire de ses pensées noires. Suzanne vient d'entrer dans le réfectoire. Il n'en revient pas, elle a dû rater son train, ou bien changer d'avis. Cette femme lui plaît, il ne sait pas pourquoi, il a envie qu'elle soit à ses côtés pour la tâche énorme qui l'attend.

— Bonsoir, je me suis dit que vous alliez avoir besoin de bras en plus les prochains jours. Enfin, si vous voulez toujours de moi…

Cette femme est pleine de charme et d'humour. Décidément, elle a tout pour elle. Joseph sourit pour la première fois depuis longtemps, et se détend un peu.

— Venez, Jeanne, c'est bien Jeanne votre prénom, suivez-moi, mère Agnès va vous trouver une place dans le dortoir des novices.

Après avoir déposé les blessés à l'hôpital, Suzanne avait compris que la meilleure cachette demeurait le couvent, et qu'ici elle pourrait se rendre utile. Et puis elle ne sait pas trop expliquer pourquoi, mais elle avait envie de revoir Joseph, les beaux yeux bleus de Joseph, qui ce soir étaient presque verts.

Dans le couloir, ils tombent sur Agnès qui s'apprête à aller se coucher.

— Bonsoir, Agnès, j'ai une très bonne nouvelle, pour nous et pour les blessés. Jeanne va rester avec nous quelque temps, il vous reste bien un lit ?

Agnès est surprise que le médecin-chef accepte une inconnue. Elle songe à la révélation de Bernard, mais elle voit d'un bon œil l'arrivée d'une infirmière compétente. Joseph, satisfait, les laisse préparer le lit de camp de Suzanne. Les deux femmes sont mal à l'aise. Agnès brise le silence, bien décidée à obtenir des informations sur la jeune femme.

— Vous étiez proche de la famille de Lisette ?

— Non, je ne les connaissais pas, j'allais à Nancy quand j'ai entendu des coups de feu... Alors je suis allée voir, et j'ai découvert le massacre...

Suzanne s'inquiète, pourquoi la religieuse l'interroge-t-elle ainsi ? Il faudra gagner sa confiance, et cela passera par son efficacité à soigner les blessés et à assister Joseph. La mère supérieure lui indique les règles strictes du couvent. Elle devra s'y plier comme les religieuses : lever à 4 heures, repas dans le silence, coucher à 22 heures, sauf en cas d'urgence et d'arrivées nocturnes de blessés. Elle sera exemptée des prières, mais devra respecter les horaires. Agnès sort du dortoir, laissant Suzanne à ses doutes et ses angoisses. Elle va essayer de dormir un peu.

Il est un peu plus de 21 heures lorsque Agnès décide de s'isoler dans son bureau pour téléphoner. Elle connaît une sœur à la Pitié-Salpêtrière qui l'aidera à confirmer ou infirmer l'identité de Jeanne Charrier. En fonction de la réponse, elle avisera.

8

15 septembre 1914

Dans la cour de l'usine Dewitt, les femmes s'applaudissent, elles ont retrouvé le sourire. Elles ont réussi à finir le travail des hommes et s'en amusent. Finalement, nul besoin d'avoir de gros muscles, il suffit d'un peu de volonté et de pas mal de jugeote. Quand les maris rentreront, elles les mettront aux fourneaux et à la couture, s'exclament-elles. Certaines se plaisent même à imaginer une société sans hommes. Bientôt, elles auront le droit de vote, elles en ont entendu parler avant le début du conflit[1]. Les filles ne seront

---

1. Le 5 juillet 1914, la syndicaliste socialiste Louise Saumoneau et son Groupe des femmes socialistes (fondé en 1913) manifestent lors de cette date considérée comme la première Journée des Femmes en France. Entre 2 000 et 6 000 manifestants, en majorité des femmes, se réunissent à Paris et se dirigent vers la statue de Condorcet, l'un des grands militants pour l'égalité des femmes. Leurs réclamations sont concentrées sur le droit de vote et donc l'égalité politique. Cette marche a été mise en place en réaction au refus des députés (238 sur 591) au droit de vote des femmes

plus uniquement des ménagères, elles seront des femmes puissantes, elles le sont déjà, s'emportent-elles. Caroline va pouvoir les payer dès que les clients auront récupéré les camions. Elle ne leur a pas menti, c'est ensemble qu'elles vont sauver l'usine. Elle est leur patronne, mais elle forme une équipe avec ses ouvrières, une équipe gagnante. Caroline observe Charles qui applaudit mollement. Alors que les ouvrières rentrent chez elles profiter de leur repos bien mérité, Charles propose à Caroline d'ouvrir une bouteille de champagne. Dans le salon de la maison Dewitt, Éléonore demeure sur ses gardes malgré l'enthousiasme de Caroline et Charles.

— Allons, ça fait des semaines qu'on n'a plus rien à fêter, et ces beautés dorment à la cave, elles se sentent abandonnées. C'est bien, Caroline, ce que tu as fait, très bien !

Éléonore doute de la sincérité de son fils. En revanche, sa belle-fille se révèle courageuse et débrouillarde. Elle ne peut qu'approuver son esprit d'initiative. Germaine, la domestique, interrompt ce moment de répit. Michel Laveyre, le patron de la brasserie, est au téléphone. Il insiste pour parler à Caroline, ça a l'air vraiment important. Éléonore et Charles demeurent seuls un moment, sans se dire un mot. Charles savoure déjà sa victoire. Le coup de grâce vient d'être asséné. Caroline entre dans la pièce, blafarde, elle a du mal à parler.

— Un problème, Caroline ?

Caroline n'ose pas affronter le regard de sa belle-mère, elle est désemparée.

---

en février 1914. Il faudra attendre le 21 avril 1944 pour que le général de Gaulle octroie le droit de vote aux Françaises.

— Ils annulent la commande, comme ça, sans explications.

Charles joue les hypocrites, s'approche de Caroline, met sa main sur l'épaule de la jeune femme abasourdie par la nouvelle. Elle est au bord des larmes. Elle est trop fière et pudique pour craquer, mais tout s'effondre. Les ouvrières vont la haïr, elle ne pourra pas les payer, elle a trahi leur confiance. Tout est sa faute. Elle a cru pouvoir sauver l'usine à sa façon. Le sort s'acharne. Charles va lui mettre la pression, il faudra se résoudre à fabriquer des munitions. C'est un moyen de subsistance, elle en convient, un ultime recours. Mais les ouvrières accepteront-elles de devenir des « munitionnettes » ? Rien n'est moins sûr.

9

La soirée est déjà avancée. Marguerite a enchaîné les passes, un peu lasse. Elle est assise sur le lit et regarde dans le vide. Elle pense à Caroline. Elle lui en veut toujours de l'avoir abandonnée du jour au lendemain, mais sa présence à Saint-Paulin la trouble. Elle a très envie de la revoir. Tout est confus. Il faut cependant qu'elle quitte le bordel, Marcel et son horrible sœur ne lui feront pas de cadeau. Yvonne finira par la dénoncer comme espionne. Elle se lève, commence à faire sa valise, sans savoir où aller. Rentrer à Paris serait une folie, et puis elle ne peut pas laisser Colin. Elle ne sait pas vraiment ce qu'elle veut faire avec son fils, mais il faut qu'elle lui parle, qu'elle apprenne à le connaître. Colin, son fils, si beau, si jeune, utilisé comme de la chair à canon. Elle ne peut se résoudre à y renoncer. Mais le bordel n'est plus un lieu sûr. Elle pourrait demander à Caroline de l'aider, de l'héberger, elle saurait se rendre utile, elle pourrait être sa domestique, l'assister avec sa fille… Non, ce serait une folie, un peu malsain même. Elles ont été amantes, mais Caroline a fui Paris, la prostitution, le milieu de la nuit, et surtout elle et son amour. Marguerite a longtemps pensé qu'elle avait dû dégoûter Caroline, qu'elle l'avait forcée à découvrir les amours saphiques. Pourquoi l'accueillerait-elle désormais, alors qu'elle est mariée à un chef d'entreprise et mère d'une fillette ? Elle n'évolue plus dans le même monde. Caroline est passée de l'autre côté, elle a trahi son milieu. Mais avait-elle vraiment le choix ? Qu'aurait-elle fait à sa place ?

Un cri de Marcel la sort de ses tergiversations. Quoi qu'elle fasse, il faut assurer encore un ou deux clients cette nuit.

— Marguerite ! Un client t'attend en bas. Ne traîne pas !

Elle descend, rejoint Marcel, qui passe son bras sous sa taille pour traverser fièrement le salon jusqu'à une table de cinq jeunes soldats. L'un d'eux déjà alcoolisé et goguenard lance à un autre, le dos tourné à Marguerite :

— Bon anniversaire lieutenant, on vous a réservé une surprise ! Vous n'allez pas être déçu, Marcel vous amène la plus belle, la grande rousse.

Le lieutenant se retourne. Marguerite se retrouve face à Colin. Elle est sidérée. Comment Marcel a-t-il pu lui faire un tel affront ? Elle a une pulsion de violence, pourtant elle se contient. Elle tente de faire bonne figure.

L'un des soldats, complètement ivre, attrape Marguerite par le poignet et l'attire contre lui.

— Patron, elle coûte combien celle-là ?

La situation amuse Marcel. Il est fier d'avoir pareille beauté dans son établissement, et il la désire encore plus lorsqu'elle est convoitée. Marguerite repousse le soldat et défie Marcel du regard.

— Elle coûte cher, très cher. Mais si tu peux payer, elle est à toi...

Le soldat aviné enlace Marguerite et lui touche les seins. La proximité de Colin et son regard doux et perçant à la fois perturbent Marguerite. Elle ne supporte pas qu'un homme la tripote en sa présence. Elle a un geste presque épidermique et le repousse brutalement. Le soldat, vexé, la traite de salope. Il l'enlace à nouveau, force un baiser qu'elle esquive.

— Je paie, alors tu la fermes !

Marguerite se débat, il la traîne vers l'escalier pour monter dans une chambre.

— Lâche-la ! Elle ne veut pas.

— De quoi je me mêle ? Depuis quand une pute a son mot à dire ?

Marguerite n'en revient pas, Colin prend sa défense, comme s'il se sentait lié à elle, sans la connaître. Le soldat serre fort le bras de Marguerite. Il lui fait mal. Il s'apprête à grimper les escaliers en la tirant, quand Colin s'interpose et pousse le soldat par terre.

— Mais oh ! Tu vas pas m'emmerder pour une pute !

Le soldat se relève et porte un coup à Colin qui l'esquive, le frappe et le remet à terre. Colin réajuste son uniforme et ordonne au soldat de se relever.

— Tu n'es pas digne de l'armée française, on ne traite aucune femme comme ça !

Marcel et Marguerite se regardent en chiens de faïence. Il est satisfait de ce qu'il a provoqué, à cet instant, elle le déteste. Il a fait exprès d'attirer Colin ici, pour l'humilier. Elle ne lui pardonnera jamais. Elle se sent avilie. Elle avait tout imaginé pour leur première rencontre, sauf pareille scène. Colin se calme, lui-même étonné par cet accès de violence. Il n'est pas du genre bagarreur, il n'aime pas qu'on manque de respect aux femmes certes, mais il ne comprend pas pourquoi il a eu besoin de défendre cette femme, cette femme qui l'intrigue, cette femme qui lui semble familière. Bouleversé, il sort de l'hôtel. Léon, son ami saint-cyrien, essaie de faire redescendre la pression. À l'origine, ils étaient venus pour décompresser et passer un bon moment. Marguerite ne peut s'empêcher de sortir les retrouver, il faut qu'elle parle à Colin.

— Attendez, jeune homme !

Colin et Léon se retournent sur Marguerite encore pâle et remuée par l'altercation.

— Je tiens à vous remercier ; les hommes ne prennent jamais la défense de femmes comme moi...

— On ne traite pas les femmes comme ça, c'est intolérable.

Marguerite ressent une certaine fierté, elle n'a pas élevé son fils, mais elle pressent qu'il est devenu un homme avec de belles valeurs. Elle l'a abandonné pour qu'il puisse accéder à une bonne éducation et de bonnes conditions.

— Sans vouloir vous offenser, vous allez devoir changer de métier si vous refusez tous vos clients, non ?

Marguerite est mal à l'aise.

— Moi, les filles comme vous, ce n'est pas trop mon truc, mais c'était une surprise des gars pour mon anniversaire...

Son anniversaire, Marguerite n'a pas oublié cette date, le 14 septembre. Tous les ans elle y pense, tous les ans son corps la lui rappelle, elle éprouve des douleurs dans le ventre comme si elle devait revivre son accouchement. Elle était si jeune, encore une adolescente, elle était si seule. Elle ne pouvait pas garder ce bébé. Elle ne pouvait pas subvenir à ses besoins. Elle n'avait qu'une vie misérable à lui offrir.

— Bon anniversaire, Colin.

— Merci, mais vous connaissez mon prénom ?

Marguerite improvise pour ne pas éveiller les soupçons du jeune homme.

— C'est vos amis… tout à l'heure… Je les ai entendus.

Colin la salue poliment. Marguerite est émue, elle le regarde s'éloigner. Il a belle allure, il est svelte, élégant, il dégage quelque chose de doux et de fort à la fois. Elle se souvient à peine du visage de son père, pourtant elle l'avait beaucoup aimé. Ses traits se sont effacés avec le temps. Il l'avait abandonnée dès qu'elle lui avait appris sa grossesse, tout comme ses propres parents. Une fille mère chez les aristocrates, c'est très mal vu. Marguerite avait été délaissée par tous ceux qu'elle avait aimés. Depuis l'abandon de Caroline, elle était dans l'incapacité d'aimer à nouveau.

10

16 septembre 1914

Marguerite prend son petit déjeuner avec les autres prostituées. Les filles chahutent, rient, comme des enfants. Elles trempent des tartines dans du chocolat chaud. Marguerite les regarde avec tendresse. Plus mûre, elle s'agace un peu de leur naïveté et leurs minauderies, mais elle ne peut s'empêcher de se voir au même âge et même plus jeune au bordel de la rue du Faubourg-Montmartre. Le petit déjeuner était un moment de répit, de partage, de confidences avec les autres filles, de fous rires et de gourmandises avec Caroline. Souvent, c'était le seul repas de la journée, elles n'avaient pas toujours le temps de manger et il fallait garder la ligne. Chez Marcel, les filles sont toutes très jeunes et très minces ; malgré sa splendeur, Marguerite se sent ronde et âgée, elle pourrait être leur mère. Mais ici pas question de parler de son passé, des raisons de sa présence, rien qui puisse revenir aux oreilles d'Yvonne et Marcel. Elle ne se liera pas d'amitié. Ce n'est pas le but. Et puis, des amies, elle n'en a plus vraiment eu depuis Caroline. Yvonne s'approche de la table, et fixe Marguerite qui espère qu'elle ne vient pas lui chercher des noises. Elle n'est pas d'humeur à cause des circonstances de sa première rencontre avec Colin.

— C'est Marcel, il veut te voir dans son bureau, et t'as pas intérêt à traîner.

Les autres filles l'observent avec jalousie. Quand Marcel convoque dans son bureau, c'est pour un gros client, et ça, ça veut dire que Marguerite est désormais la favorite.

Marguerite ne prend pas la peine de frapper. Elle entre dans la pièce sombre et découvre Marcel en peignoir sous lequel elle aperçoit son torse nu. Juliette est sur ses genoux. Il repousse la jeune prostituée et la chasse du bureau. Juliette toise Marguerite et claque la porte derrière elle, vexée.

— Ce soir, tu bosses pas en salle. J'ai un dîner avec un fournisseur, un Parisien, je veux que tu m'accompagnes.

— Ah bon ? Et pourquoi pas Juliette ?

— Tais-toi. C'est pas les filles qui l'intéressent, lui, c'est le pognon. Alors moi, je lui parle affaires et toi, tu fais la conversation à sa femme. Juliette est jolie, mais elle est sotte. Elle est incapable d'avoir des sujets de discussion, et puis elle connaît pas Paris, alors que toi…

Marguerite hésite. Pourquoi lui rendrait-elle ce service après ce qu'il lui a fait avec Colin ? Elle réfléchit. Il faut qu'elle reste dans ses petits papiers, et puis ça n'est pas mal d'être associée à ses affaires. Ça veut dire qu'il lui fait confiance, malgré les doutes de sa sœur.

— D'accord, quelle heure ?

— 20 h 30, et ne sois pas en retard. Tiens, au fait, c'est pour toi, attrape !

Marcel lance à Marguerite une plaque d'identité de soldat. Elle la retourne y lit : « Colin Régnier – 1913 ». Il s'agit de la classe de recrutement de Colin. Marguerite est émue.

— Si tu veux le retrouver, son bataillon a été affecté au barrage du lac de Lamet. Mais fais gaffe à toi.

— Pourquoi tu fais ça ? Ça me surprend…

— Disons que ce genre de retrouvailles, ça me touche. Faut pas croire, j'ai du cœur…

Marguerite est dubitative.

— Fous-toi de ma gueule ! Ne t'approche plus de lui, Marcel, c'est bien clair ?

Marguerite soutient le regard de Marcel qui finit par baisser les yeux. Il pense : « Elle a du cran, j'adore ça. »

11

L'homme ouvre les yeux. Il découvre le visage d'Agnès au-dessus de lui. Elle est là depuis l'aube, le regardant dans son sommeil. Elle essaie de deviner son histoire, sa vie avant la guerre. Qu'avait-il comme métier ? Elle l'imagine charpentier ou bûcheron, il a des mains de bûcheron. Avait-il une famille, des enfants ? Avait-il déjà aimé une femme ? Elle l'imagine doux et protecteur avec les femmes. Il plonge ses yeux dans ceux de la religieuse où règnent une incroyable humanité et une profondeur. Il se sent bien avec elle, en sécurité. Son cœur bat la chamade, il ne pensait plus avoir envie de vivre. S'il n'était pas tombé sur cette femme au milieu du champ, il se serait laissé mourir. Il en a la certitude, cette femme l'a sauvé. Qu'importe qu'elle soit religieuse, qu'importent leurs différences, il fera tout pour rester auprès d'elle. Agnès perçoit ce trouble, elle y est réceptive. Elle se lève et quitte la pièce, le ventre tordu par l'angoisse de cet émoi naissant. Un désir contre nature. Dans le couloir, elle tombe sur les novices. Suzanne, au milieu des jeunes sœurs, s'arrête pour saluer la mère supérieure et perçoit la gêne de la religieuse. Comme elle, Agnès cache quelque chose. Elle entend des hurlements provenant de derrière une porte. Elle l'ouvre et découvre les trois hommes traumatisés, aux yeux apeurés et dont les cris sont déchirants. Elle les observe, ils tremblent.

— Le docteur Duvernet a demandé qu'ils repartent au front... Je les ai placés ici... La guerre les a rendus fous. Je compte sur votre discrétion...

Suzanne a déjà eu affaire à des cas similaires de traumatismes profonds chez des femmes ayant subi des violences sexuelles ou conjugales, des femmes qui se coupaient du monde. Elle a aussi entendu parler des travaux du docteur Sicard, chef du service de neurologie à Marseille, sur ce qu'il appelle les « obusités », ces soldats atteints d'« obusite », une névrose de la guerre qui se traduit par des cauchemars et des troubles physiques. Car sur le front, les hommes peuvent être blessés autant physiquement que psychologiquement. Ils sont prostrés, repliés sur eux-mêmes et ne peuvent pas se relever. Certains sont devenus muets, sourds et aveugles, sans aucune blessure apparente, l'effet du choc et de la peur. Ce sont des hommes terrorisés, il ne faut pas prendre leurs traumatismes à la légère. Agnès désigne son bel inconnu.

— Celui-ci ne parle toujours pas...

— Le docteur Duvernet n'est pas au courant de leur présence ici ?

— Non, et j'en prends l'entière responsabilité, ils ne sont plus aptes au combat, ils sont comme des enfants...

Agnès regarde Suzanne droit dans les yeux et ajoute :

— Comme j'ai pris la responsabilité de vous faire entrer dans mon couvent...

Suzanne comprend que la mère supérieure a de plus en plus de doutes la concernant. Mais elle ne peut pas cacher la présence des obusités à Joseph. Ils doivent être suivis et soignés. Joseph comprendra, elle a perçu une belle humanité en lui.

Elle quitte la pièce et va se confier au docteur Duvernet. Il l'écoute en silence, aucune réaction ne transparaît sur son visage. Il fonce dans le couloir jusqu'à la salle en question, et découvre ces hommes en souffrance, hagards et agités. Il lance un regard noir à Agnès qui se sent prise en faute. Suzanne ne s'attendait pas à la colère de Joseph. Elle prend la défense d'Agnès.

— Ces hommes ont besoin de soins. Mère Agnès a eu raison de prendre cette initiative.

— Raison de quoi ? D'en faire des déserteurs ? Ils risquent la cour martiale, et vous aussi d'ailleurs ! Notre boulot, c'est de soigner pour…

Agnès est incapable d'intervenir. Elle s'accroche un instant aux yeux énamourés et impuissants de l'inconnu, qui semble comprendre ce qui se joue devant lui. Suzanne ne se démonte pas, elle s'approche de Joseph et hausse le ton :

— Soigner pour qu'ils puissent mieux mourir sous les tirs d'obus…

— Ramenez ces quatre soldats avec les autres. Ils doivent retourner aujourd'hui sur le front. Et vous Jeanne, vous ne savez rien des pressions que je subis, alors ne me jugez pas !

Joseph quitte la pièce en claquant la porte. Agnès est mortifiée, tandis que Suzanne accuse le choc. Elle y est allée un peu fort. Elle s'est emballée, parce qu'elle juge la situation intolérable, mais aussi parce que Joseph lui plaît. Il lui plaît tout autant qu'il l'agace.

Agnès oscille entre l'admiration face à cette femme qui tient tête aux hommes et la méfiance face à cette inconnue.

— Jeanne, je préfère que vous vous mêliez de vos affaires à présent... À moins que vous ne vouliez que je me mêle des vôtres ?

Suzanne est mouchée. Elle pensait vraiment pouvoir convaincre Joseph de garder les blessés encore un temps et ne souhaitait pas causer de tort à la mère supérieure.

*
* *

Les novices aident Suzanne à faire sortir les obusités. Les hommes résistent, se débattent et poussent des cris d'enfants implorant de ne pas les renvoyer au front. Les sœurs sont désemparées. Elles ne sont pas préparées à gérer pareilles situations, injustes, presque inhumaines. Elles baissent la tête, n'osant pas affronter le regard apeuré des soldats. Agnès attend que les autres sortent, fait traîner le moment de l'habillage de son soldat inconnu à elle. C'est un crève-cœur de devoir le laisser partir ; elle sait qu'il n'est pas prêt pour le combat, et elle sait qu'elle n'est pas prête à se séparer de lui. Elle l'aide à enfiler son nouvel uniforme, il est réticent mais finit par se laisser faire. Agnès le dévisage, intensément, comme pour être certaine de garder son image imprimée sur sa rétine.

L'homme se tient debout devant elle. Devant ce grand corps déplié contre lequel elle a envie de se blottir, elle reste figée. Il avance vers elle, elle a un geste de recul.

— Je suis désolée, je ne peux rien faire… Je… J'aurais aimé mieux vous connaître. Je suis certaine que vous êtes quelqu'un de bien…

Elle a du mal à trouver ses mots, il lui rend un sourire triste. Une mèche s'échappe du voile de la religieuse, elle n'a pas le temps de la remettre en place, le soldat s'en charge, un geste délicat et empreint de douceur. Agnès ferme les yeux, elle voudrait que ce moment dure toujours.

12

Joseph est stupéfait et admiratif. Il marche avec Suzanne dans le cloître. La jeune femme est vraiment étonnante. Elle lui tient tête comme un homme, elle fait preuve de sang-froid comme un homme, et elle vient de réaliser une prouesse médicale digne des meilleurs chirurgiens. Elle a usé d'une technique que lui-même ne maîtrise pas encore parfaitement. Sa colère à son encontre s'est calmée. En son absence, l'infirmière a sauvé un blessé qui étouffait à cause d'un caillot de sang coincé dans sa trachée. Sans attendre, elle a réalisé une trachéotomie malgré les craintes de mère Agnès et la panique de la jeune Geneviève. À l'aide d'un scalpel, elle a effectué une incision dans la gorge, libérant le souffle et la respiration du soldat. Joseph est arrivé juste à temps pour assister à la fin de l'opération, bluffé. Ils marchent tous les deux au milieu de l'agitation du couvent. Il veut la féliciter, il cherche ses mots, il la sent nerveuse.

— Vous avez appris ça à la Salpêtrière ?

— J'ai vu faire, puis j'ai étudié la technique, c'est la première fois que j'en pratique une.

— Donc, vous étiez sérieuse hier lorsque vous m'avez dit que vous vouliez vous former à la chirurgie...

— Pourquoi je ne l'aurais pas été ? Ça vous choque une femme qui pense qu'elle peut faire plus dans un hôpital que changer des bandages ?

Elle recommence. Cette agressivité qu'elle met entre eux le blesse. Joseph ne veut pas être l'ennemi de Suzanne. Il tente d'apaiser la discussion.

— Jeanne, je voulais vous dire, tout à l'heure je n'aurais pas dû vous parler comme ça, j'ai l'habitude de tout contrôler...

— Oui, et vous n'avez pas l'habitude que les infirmières vous contredisent, les infirmières qui veulent devenir chirurgiennes...

Elle sourit, il saisit l'ironie, elle baisse la garde, il va pouvoir changer de registre.

— Oui, c'est le pire, ça, les infirmières qui veulent devenir chirurgiennes, surtout une qui me tient tête...

Leurs regards se font complices, presque tendres. Suzanne réprime un rire. Elle doit le convaincre de garder les soldats traumatisés au couvent.

— Ces hommes-là ne seront pas les seuls à arriver dans cet état. Il faut s'en occuper, c'est la guerre qui les a rendus fous. Ne les laissez pas repartir sur le front. Vous savez que j'ai raison.

— Vous me demandez de désobéir à l'état-major, vous...

— Nous désobéirons ensemble alors...

— Vous n'avez pas pris ce train. Je vous dois bien ça, Jeanne.

— Ce n'est pas à moi que vous le devez, c'est à eux.

Joseph a alors un geste un peu fou, un geste qui le surprend lui-même, une audace dont il ne fait jamais preuve. Il prend la main de la jeune femme, la porte à sa bouche, y dépose un baiser léger. Il n'a jamais le temps pour le badinage, il n'a même jamais le temps pour y penser. La médecine, c'est toute sa vie. Les choses du cœur ça encombre, ça perturbe, ça fait vaciller. Quand on est chirurgien, on ne peut se permettre de trébucher. Suzanne se sent légère. Elle le remercie pour les obusités et file partager la bonne nouvelle avec mère Agnès, certaine qu'elle gagnera des points auprès de la religieuse.

*
* *

Agnès se trouve devant un cas de conscience. Elle a démasqué Suzanne. La sœur de la Salpêtrière lui a révélé qu'aucune Jeanne Charrier n'officiait dans leur hôpital, mais qu'une infirmière s'était évaporée après avoir pratiqué un avortement clandestin, une certaine Suzanne Faure, la même que le gendarme recherche. Aurait-elle accueilli une meurtrière dans son couvent ? Que faisait-elle chez Lisette ? Jeanne, Suzanne, qui que soit cette femme, fait preuve d'un grand courage et d'un esprit d'initiative rare. Son efficacité auprès des blessés et ses connaissances en chirurgie sont utiles au couvent transformé en hôpital. On peut difficilement se passer de ce genre de personne, mais cette femme a tué. Elle a pratiqué un avortement. Elle a donc tué doublement, un bébé et une mère. L'avortement est le péché suprême selon la religieuse. Elle ne peut laisser passer cela. Elle décroche son téléphone, demande l'adjudant

Bernard Bergeret, lorsque Suzanne entre dans son bureau, sourire triomphant aux lèvres.

— Le docteur Duvernet nous autorise à garder les quatre soldats traumatisés tant qu'ils sont dans cet état ! Ils vont être réinstallés dans leur chambre, sous ma responsabilité et vous, vous pourrez continuer de vous en occuper !

Agnès tient le combiné. À l'autre bout du fil, elle reconnaît la voix de Bernard. Soudain, elle pense à son bel inconnu, à sa main effleurant sa joue, à ses yeux immenses, à son odeur, sa carrure, la bonté qui se dégage de lui. Elle fixe Suzanne et comprend que la jeune infirmière ne fait pas tout cela uniquement pour se cacher. Elle n'est pas obligée de les aider ainsi. Troublée, elle raccroche au nez du gendarme. Pour l'avortement clandestin, elle s'arrangera avec Dieu.

13

La lumière de midi inonde la place quasi déserte. Caroline est nerveuse. Elle pense à Victor, car depuis son départ, il y a quatre jours, la situation chez les Dewitt est devenue critique. Charles a gagné, l'usine va produire des munitions. Caroline a l'impression de trahir Victor, ainsi que les ouvrières. Elle s'est sentie si mal pour elles qu'elle a donné son collier de perles à Denise, en guise de compensation du salaire qu'elle ne peut leur verser. Charles veut qu'elle se contente d'aider sa mère à tenir la maison. Les femmes en cuisine, et tout le monde s'y retrouve… Elle n'a plus l'âme d'une maîtresse de maison, elle est une mère et une patronne. Il faut qu'elle trouve une solution pour que Charles la respecte comme telle. L'atmosphère à la maison est devenue irrespirable ; Charles et Éléonore sont hostiles, Madeleine réclame son père, Caroline ne se sent pas la bienvenue. Seule Marguerite pourrait la comprendre, seule sa présence pourrait la rassurer. Il faut qu'elle la revoie, qu'elle lui parle. Lorsqu'elle s'engage dans la rue de l'hôtel, elle la voit qui sort du bordel, sublime dans une robe vert kaki qui met en valeur sa ligne sculpturale. Elle est encore plus belle qu'avant. Elle est encore plus femme et dégage quelque chose de puissant, la force des années. Marguerite a du mal à masquer sa surprise devant Caroline. Et même sa gêne, car elle ne doit pas être en retard, elle veut absolument se rendre au cantonnement afin de remettre sa plaque à Colin. Juliette lui a déjà fait perdre du temps. La gosse a déboulé dans sa chambre et lui a fait une crise de jalousie : Marcel s'en tape d'elle et de sa chevelure rousse, c'est elle qui l'accompagne d'habitude dans les dîners, pas question qu'elle lui pique la place, Marcel, c'est son mec. Marguerite a rectifié : « Marcel, c'est ton mac ! On ne peut jamais faire confiance aux macs, crois-moi ! »

— Marguerite, je suis venue te parler. Je n'ai pas beaucoup de temps...

— Moi non plus, je n'en ai pas...

Marguerite a besoin d'une cigarette, elle sort nerveusement son briquet. Caroline est émue devant le briquet ouvragé.

— Tu l'as toujours... Moi aussi tu sais...

Marguerite acquiesce, froidement.

— Caroline, tu m'as laissée du jour au lendemain ! Rien, pas un mot. On fête notre anniversaire ensemble, on passe une nuit magique et toi tu me laisses en plan comme ça, sans explication... Si tu savais tout ce que j'ai fait pour te retrouver ! J'allais même régulièrement à la morgue pour identifier des putains de cadavres, Caroline ! Et toi tu te pointes devant moi aujourd'hui avec ton joli minois et ton air de chienne battue !

— J'en pouvais plus, Marguerite, ce n'était pas une vie...

— C'était notre vie ! Et puis on avait fait un pacte, celui de s'en sortir ensemble. Toutes les deux, on y serait arrivées !

— Mais tu ne faisais rien pour... Et puis, entre nous, ce n'était pas clair... Cette amitié amoureuse... Je n'étais pas certaine... J'avais un régulier, Victor. Il était beau, attentionné, respectueux, y a même des moments où l'on ne baisait pas, il disait qu'il était amoureux. Moi, il ne me déplaisait pas...

— Il ne te déplaisait pas ? Tu as tout quitté pour quelqu'un qui ne te déplaisait pas ? Je te croyais plus entière, plus intense ! Tu m'as trahie, tu t'es trahie aussi en quelque sorte, tu as renié la jeune fille que tu étais, la jeune fille en quête d'absolu, pour vivre avec quelqu'un qui ne te déplaisait pas ! Tu avais des rêves de liberté, tu parles d'une émancipation !

— Je t'aimais Marguerite, je t'aimais vraiment, mais j'ai fait un choix. Et je ne regrette pas.

14

Éléonore se tient dans le hall d'entrée juste derrière la porte. Caroline a à peine le temps de déposer son manteau sur la patère que sa belle-mère lui tombe dessus. Elle lui fait face, le visage plus sévère que jamais. Elle tend le collier de perles, celui que Caroline a donné aux ouvrières en dédommagement.

— Vous pensiez vraiment que je n'allais pas m'en rendre compte. Denise n'a rien trouvé de mieux que de revendre le collier au bijoutier qui l'a conçu ! Pour une bouchée de pain en plus ! Vous n'êtes vraiment pas douée en affaires, et en plus vous vous débarrassez d'un cadeau de mon fils, c'est indigne de Victor !

— Vous n'avez pas le droit de me parler sur ce ton. J'ai une parole, moi, je devais de l'argent aux ouvrières, j'étais acculée, et je suis certaine que Victor aurait approuvé mon geste. Je suis honnête et droite comme lui.

— Vous dites n'importe quoi, vous êtes en dessous de tout, de mon fils, de notre famille, vous ne méritez pas de porter notre nom, vous n'êtes pas une Dewitt, vous ne l'avez jamais été, et vous ne le serez jamais. Charles doit prendre la direction de l'usine. Je ne la lui laisse pas de gaîté de cœur, mais je n'ai pas d'autre choix.

La sonnerie du téléphone interrompt Éléonore. Germaine déboule dans le couloir, livide et paniquée.

— Madame, c'est… la petite… Madeleine est allée toute seule jusqu'au couvent pour voir si son père n'était pas parmi les blessés. Elle va bien, elle est avec les sœurs, elles s'en occupent.

Caroline et Éléonore se défient du regard, laquelle est responsable de la fugue de la fillette ? Éléonore était persuadée que la petite jouait tranquillement dans sa chambre, Caroline ne pouvait pas imaginer que Madeleine sorte toute seule de la maison. Elle n'a jamais dépassé les haies qui marquent la limite entre la demeure et l'usine. Alors, aller au village à pied, c'est impensable. Les deux femmes oublient instantanément leur dispute et Éléonore laisse Caroline filer récupérer sa fille chez les sœurs. Celle-ci, affolée, tombe sur Charles en train de dépoussiérer sa voiture rutilante. Il la toise, narquois. Caroline a envie de le gifler, il a bien manœuvré. Son retour à Saint-Paulin n'était motivé que par le désir de récupérer l'usine, de la dérober à son frère, comme un enfant volerait un jouet à son frère dès qu'il a le dos tourné. Caroline l'a percé à jour, c'est un lâche, un menteur, un manipulateur, prêt à tout pour arriver à ses fins. En ces temps de guerre, l'ennemi est partout, insidieux. Parfois, il va même jusqu'à partager le même toit.

15

La route à pied a été pénible depuis le village jusqu'au cantonnement. Marguerite est éprouvée par la marche et par le face-à-face avec Caroline, blessée dans sa chair, perturbée par ses retrouvailles qui n'auraient jamais dû avoir lieu au moment même où elle retrouve son fils. Seul Colin compte aujourd'hui, rien ne doit la détourner de lui. Sur son parcours, elle a encore croisé des convois de blessés, des gueules tristes, des soldats cabossés retournant au front. Elle n'arrive pas à imaginer ce qu'ils vivent au quotidien, ces gamins qui ont l'âge du sien. Arrivée à quelques mètres du cantonnement, en sueur et essoufflée, son cœur se noue. Elle reconnaît sa voiture au milieu des charrettes militaires. Gus, l'un des jeunes soldats vus au bordel la veille, s'approche. Elle lui tend la plaque de son fils, le gamin veut s'en saisir. Marguerite l'en empêche et exige qu'il la mène à Colin. Gus n'est guère rassuré. Les civils sont interdits sur le cantonnement, et l'idée d'être aperçu par son commandement en compagnie d'une femme – qui plus est une prostituée – l'effraie. Mais il cède, la conduit au bord de la rivière, traversant le camp étonnamment calme. Beaucoup d'hommes dorment, certains sont allongés à même le sol, ne prenant pas la peine d'aller s'abriter sous les tentes. Ils ne font même pas attention à la présence de Marguerite. Tête baissée, elle essaie de se faire la plus discrète possible. Certains boivent et entonnent des chants grivois. Parmi eux, Colin et son ami Léon sont tous deux silencieux. Les soldats avinés reconnaissent Marguerite et profèrent des blagues salaces. Colin n'en revient pas de voir cette femme sur le cantonnement. Les autres le chambrent : « Ah, mais c'est qu'elle te veut la dame, tu lui as tapé dans l'œil dis donc ! » « Allez Colin, tu vas peut-être changer d'avis et consommer ton cadeau d'anniversaire ! » Colin n'entre pas dans leur jeu et fait fi de leurs provocations puériles. Il se lève pour saluer comme il se doit Marguerite.

— Ne faites pas attention à eux, ce sont encore des adolescents boutonneux... Mais que faites-vous ici, Madame ?

— Marguerite, vous pouvez m'appeler Marguerite. On a retrouvé votre plaque ce matin à l'hôtel, j'ai pensé que c'était important...

Colin remercie Marguerite et peine à nouer sa plaque autour de son poignet. Instinctivement, Marguerite propose de l'aider, un geste délicat qui étonne Colin.

— Vous savez à quoi ça sert ?

— À vous identifier...

— C'est ça, à nous identifier quand on est mort pour informer nos familles.

Marguerite se fige, l'émotion la saisit. Elle est sa famille, mais elle ne peut rien dire, rien faire, juste savourer ces instants volés. Elle a envie de le serrer dans ses bras, de lui caresser les cheveux, de le réconforter, elle sent qu'il masque sa peur du front. Il est sa chair. Il est son âme. Un soldat se met torse nu et plonge dans la rivière, d'autres chantent au son d'une guitare et dansent comme pour défier la mort. Marguerite allume une cigarette, elle se sent bien parmi cette jeunesse insouciante malgré les circonstances.

Des tirs provenant de la forêt font cesser ce bref instant de joie. Le baigneur hurle de douleur, il a été touché. Colin entraîne Marguerite et Gus derrière un large tronc d'arbre qui gît au sol. Marguerite tremble, essaie de garder son sang-froid. Elle comprend ce que vivent au quotidien les jeunes soldats, les Allemands sont si proches. Trois gamins qui n'ont pas eu le temps de se mettre à couvert s'écroulent. Léon court vers la rivière pour tenter de secourir le baigneur. Il est touché à l'épaule, du côté du cœur. Le baigneur, lui, se tait définitivement. Colin observe les alentours pour identifier la provenance des tirs et donc la position de l'ennemi. Il charge son arme, les hommes font de même, il se lève et fonce dans l'eau. Il réussit à mettre Léon sur son dos et à le ramener près de Marguerite, tétanisée et admirative du courage dont fait preuve son fils. Léon perd beaucoup de sang. Gus propose d'embarquer le blessé jusqu'à la voiture de Marguerite. Colin n'hésite pas un seul instant, mais il a du mal à installer Léon sur ses épaules. Marguerite lui prête main-forte et le suit jusqu'à la voiture. Les hommes les couvrent en tirant vers un rocher de l'autre côté de la rivière où se cachent les assaillants. Des balles de snipers les frôlent. Marguerite ne pense à rien sinon suivre son fils. Arrivé devant la voiture à l'entrée du cantonnement, Colin se rend compte de l'exploit de cette femme.

Il ne lui a rien demandé et, courageusement, elle l'a épaulé, a pris des risques inconsidérés. Ils sont désormais liés par ce geste de bravoure. Les cris de souffrance de Léon sont bientôt couverts par les explosions et les tirs de mortier qui font voler en éclats un barrage français. Colin doit retourner auprès de ses hommes pour combattre, il confie son ami à Marguerite.

— Il faut le conduire au couvent… Vous pouvez le faire, n'est-ce pas ?

— Mais vous ?

— Je dois aller défendre les autres, sécuriser le cantonnement… C'est ma mission.

Marguerite, brisée, doit se résoudre à le laisser partir. Elle l'aide à allonger Léon à l'arrière du véhicule, met le contact et regarde son fils courir vers son destin.

16

Caroline entend le chant des sœurs qui emplit le cloître en cette fin d'après-midi et couvre les râles des blessés. La fine voix de Madeleine se mêle au cantique. La fillette est fatiguée, mais saine et sauve. Geneviève la rassure, elle n'a pas pu voir les blessés. La novice l'a tout de suite accueillie et menée dans le réfectoire pour lui donner du pain et un chocolat chaud. Elle n'a rien vu qui puisse la choquer. Le tocsin retentit, la grille s'ouvre sur la place du village. Marguerite, les mains pleines de sang, le visage souillé, implore de l'aide. Elle tente de sortir un corps de sa voiture. Caroline accourt, et toutes deux soutiennent Léon. Deux brancardiers, suivis de Suzanne, approchent une civière sur laquelle les deux femmes déposent le jeune blessé. Elles se dévisagent. Leurs rancœurs s'effacent devant l'horreur. Elles ont porté un mourant ensemble.

— Il y a eu une attaque au cantonnement, il y a d'autres blessés, ils n'ont pas d'ambulance ! Lui, c'est Léon Duvernet.

Suzanne comprend qu'il s'agit du jeune frère de Joseph. Elle oriente le convoi vers la salle d'opération. Mère Agnès se tient à l'entrée. Elles fixent ces femmes devant elle. Sans les connaître, elle se sent proche d'elles. Caroline, Marguerite, Suzanne et Agnès, quatre femmes dans la guerre, chacune à leur façon, avec leurs histoires, réunies ici dans ce couvent transformé en hôpital. Elles ont leur rôle à jouer dans cette folie menée par des hommes. Elles sont la deuxième ligne. Des soldates à leur manière. Suzanne informe la mère supérieure de l'identité du blessé. Paniqué, le visage tordu par la douleur, Léon attrape la main de Marguerite qui l'a suivi jusqu'à la table d'opération. Joseph arrive au moment où Suzanne place de la gaze imbibée de chloroforme sur la bouche du jeune soldat. Il est démuni face au corps en souffrance de son petit frère. Il lit la peur de la mort dans le regard du gamin. Il en veut à son père général d'avoir envoyé Léon au casse-pipe. Léon, qui était un enfant si délicat, jamais belliqueux, fuyant le moindre conflit, forcé d'intégrer Saint-Cyr par la volonté d'un père pour qui la virilité se mesure à la capacité d'un homme à manier les armes. Suzanne lui serre le bras. Il sent alors la douceur bienfaitrice de cette femme, sa présence rassurante qui lui insuffle de la force et du courage. Il doit sauver son frère, sinon il ne s'en remettra pas. Suzanne prend les devants et prépare les instruments pour l'opération. Elle demande à Marguerite de les laisser. Léon pleure et s'agite, il refuse de lâcher la main de Marguerite. Le chloroforme mêlé à la fièvre commence à le faire délirer. Marguerite tente de s'éloigner. Il resserre sa prise.

— C'est ma mère, elle a le droit de rester !

Marguerite comprend ce qui se passe, elle n'hésite pas un instant, lui caresse le visage. Il semble ailleurs, déjà un peu parti. Elle reste là pour l'accompagner, jouer le rôle de la mère, consoler cet enfant avant l'ultime voyage.

Joseph se ressaisit et tente de retirer la balle. Suzanne essaie de contrôler l'hémorragie, en vain, tous deux savent qu'il est déjà trop tard. Léon baigne dans son sang. Joseph lui injecte une grosse dose de morphine pour calmer sa douleur, et qu'il parte en douceur. Il donne l'ordre à Suzanne d'aller chercher leur père, le général Duvernet. Léon soupire :

— Maman...

— Oui, mon cœur, je suis là...

Léon lui réclame de chanter *Le Temps des cerises*, l'hymne de la Commune. Il sifflote l'air, entonne le premier couplet, elle poursuit :

Les belles auront la folie en tête... et les amoureux du soleil au cœur.

Joseph est dévasté, la voix de Léon s'affaiblit, mais il poursuit son chant avec Marguerite.

Quand nous chanterons le temps des cerises... sifflera bien mieux le merle moqueur.

Le général Duvernet, impuissant, assiste à cette scène déchirante. Ses deux fils sont là, l'un mourant, l'autre écrasé par le chagrin. Et cette femme magnifique qu'il ne connaît pas qui berce Léon comme le ferait une mère. Léon chante dans un dernier souffle, Marguerite sanglote :

Cerises d'amour aux robes pareilles... tombant sous la feuille en gouttes de sang...

C'est la fin. Joseph est au bord des larmes, le général tente un geste de tendresse. Il approche sa main de l'épaule de son fils aîné, puis il réprime ce qu'il juge comme une faiblesse. La sensibilité, ce n'est pas pour les hommes. Joseph sort de la pièce. Suzanne le suit, laissant le militaire seul à sa peine.

Dans le couloir, au milieu des blessés qui affluent encore, Joseph craque. Il se blottit dans les bras de Suzanne, surprise de ce geste de tendresse. Alors il l'embrasse fougueusement. Soudain, plus rien n'existe autour d'eux.

Geneviève vient mettre fin à ce moment de tendresse infinie. Elle crie, presque exaltée par la bonne nouvelle qu'elle croit porter à Suzanne :

— Jeanne ! Jeanne ! Votre mari, il est là, il est vivant !

Suzanne n'avait pas envisagé cette éventualité-là. Elle est prise au piège de son mensonge. Son propre piège. Surpris, Joseph desserre son étreinte.

*

* *

Malgré le sang de Léon qui a maculé la robe de Caroline, Madeleine saute dans les bras de sa mère. Elle n'ose pas la regarder dans les yeux, de peur des remontrances. Caroline la rassure, ce n'est pas sa faute, les temps sont durs pour tout le monde. Il ne faut pas qu'elle s'inquiète pour son père, il n'est pas en première ligne des combats.

Agnès assiste à la scène. Elle repense à Lisette qui venait tous les jours dans l'espoir de trouver son père. Elle pense à ce carnage à la ferme, elle culpabilise encore. Elle demande à Geneviève de faire sortir la mère et sa fille par l'arrière du couvent pour épargner à la fillette le triste spectacle de l'agonie des blessés qui s'amplifie à la tombée de la nuit. Agnès éprouve le besoin d'aller prier. Sur le chemin de la chapelle, elle repère la silhouette devant la porte de la salle des obusités. L'inconnu est debout, elle n'en revient pas. Il la saisit par le bras et la force à entrer dans la pièce, tandis que les autres blessés dorment. Elle réprime son envie qu'il la plaque contre la porte, qu'il la prenne, qu'il s'empare de son corps. Elle n'a jamais ressenti pareil désir. Ces choses-là, elle ne sait même pas comment ça se passe. L'homme perçoit son trouble qui est réciproque. Il ne sait pas quoi faire de cette violente attirance. Plutôt que d'embrasser la religieuse, il libère sa parole, en français mais avec un fort accent allemand :

— Je m'appelle Till von Hofstatten. Je viens de Hambourg. J'en peux plus de vous mentir… Avec tout ce que vous faites pour moi… J'en peux plus de me battre, cette guerre est absurde, je préfère me rendre et aller en camp de prisonniers.

Agnès accuse le choc. Elle se sent doublement coupable. Elle désire un homme, pire, elle désire un ennemi.

*

* *

« Tu m'as planté, Marguerite ! Tu as un traitement privilégié ici… Et toi, tu fous tout en l'air. »

Marcel surprend Marguerite qui est rentrée à tâtons à l'hôtel. Depuis son retour du dîner, il l'a attendue dans sa chambre. Il allume la lampe de chevet et découvre une Marguerite recouverte de sang, les traits tirés, les yeux mouillés de larmes et de fatigue. Ce n'est plus la même femme. Elle est choquée. Elle lui raconte l'attaque au cantonnement, les tirs allemands, la mort des jeunes soldats, la peur pour son fils, le manque de moyens pour acheminer les blessés jusqu'au couvent. Marcel lui tend une cigarette. Elle lui adresse un regard adouci. Un instant, il envisage de la prendre dans ses bras. Puis il finit par lâcher :

— Change-toi, y a du monde ce soir, t'es là pour bosser, n'oublie pas !

Marguerite est lasse, dégoûtée. Donner du plaisir à un homme après ce qu'elle a vécu et éprouvé ces dernières heures lui semble au-dessus de ses forces. Elle pense à Colin, espère qu'il est toujours en vie. Elle a vu de quel héroïsme son fils était capable. Elle s'allonge, ferme les yeux, les visages de Léon et de Colin s'entremêlent. Elle entend encore la voix de Léon répétant « Maman ! Maman ! » avant de rendre l'âme. Personne ne l'avait jamais appelée Maman. Elle craint tellement de perdre son enfant avant même qu'il ne puisse l'appeler ainsi.

17

L'homme porte un blouson d'aviateur, il a le front en sang, les yeux tuméfiés, l'air hagard. Une heure auparavant, il s'est extrait difficilement de son avion qu'il a réussi à faire atterrir dans un champ non loin du village. Sa mission : retrouver impérativement Jeanne Charrier. Pour cela, il doit se faire passer pour son mari. La femme que la novice lui présente n'est pas Jeanne Charrier. Il attend que la sœur les laisse pour entamer le dialogue. Suzanne s'approche de lui pour regarder sa blessure. Il a un geste de recul, méfiant.

— Vous êtes qui ?

Suzanne est démasquée, elle ne peut plus s'enfoncer dans le mensonge.

— Je m'appelle Suzanne Faure…

— Elle est où Jeanne Charrier ? T'es l'avorteuse que Jeanne devait faire passer en Suisse, c'est ça ! Elle est morte, Jeanne ?

Il tente de se lever, pâlit et s'effondre. Lorsqu'il se réveille, il est allongé, la tête bandée. Joseph et Suzanne sont au-dessus de lui. Il est encore dans un état vaporeux. Il cherche à toucher sa blessure. Joseph l'en empêche.

— Ne touchez pas, je pense que des fragments de balles se sont logés dans votre crâne, on ne peut pas opérer, c'est beaucoup trop dangereux. Je suis désolé, Monsieur Charrier... Il faut que vous gardiez le lit, votre épouse peut rester avec vous. Je vais demander qu'on vous installe dans un endroit calme tous les deux.

Joseph, qui a du mal à masquer sa déception derrière son professionnalisme, quitte les lieux et laisse le faux couple à toutes leurs interrogations.

C'est un crève-cœur pour Suzanne. Elle aimerait pouvoir crier à Joseph qu'elle n'est pas Jeanne Charrier, qu'elle n'est pas liée à cet homme qui risque de mourir, qu'elle a des sentiments pour lui, et uniquement pour lui, qu'elle désire qu'il l'embrasse à nouveau, qu'il lui fasse confiance, qu'il l'aime pour de bon.

Lucien attend d'être seul avec Suzanne et trouve la force d'être directif et menaçant avec elle.

— Jeanne Charrier n'est pas ma femme. Tu vas continuer à te faire passer pour elle, ne pose pas de question sinon je te dénonce, c'est clair ?

Malgré l'incompréhension, malgré les questions qui l'assaillent quant aux intentions réelles de Lucien, Suzanne n'a d'autre choix que d'obtempérer.

Geneviève, suivie de deux autres sœurs, vient déplacer le blessé et installe deux lits simples dans une cellule pour le « couple ». Les sœurs laissent Suzanne et Lucien dans un tête-à-tête angoissant. Deux inconnus qui se toisent, qui vont devoir apprendre à composer ensemble un rôle fait de soupçons et de vigilance. Lucien, encore très affaibli mais dissuasif, sort de sa veste un pistolet, le pose sur la table de chevet, s'allonge et ferme les yeux. Il réfléchit à la manière d'accomplir sa mission.

Avec Jeanne Charrier ou cette Suzanne Faure, peu importe. Cette dernière lui sera utile, et puis grâce à elle, il a une planque idéale. Il ne risque pas grand-chose chez les bonnes sœurs.

Suzanne ne réussit pas à fermer l'œil. Elle n'arrive même pas à s'assoupir tant elle est perturbée par la présence de Lucien. Elle n'est pas en sécurité aux côtés de cet inconnu, une boule d'angoisse lui noue la gorge. Elle tente de contrôler sa respiration pour s'apaiser. Soudain, l'homme se dresse brusquement, sort du lit et rafle son flingue au passage.

— Suis-moi en silence, au moindre cri je n'hésiterai pas à tirer, c'est bien clair ?

Ils ne croisent personne et réussissent à sortir par la porte arrière du couvent qui ouvre directement sur la campagne étonnamment calme. Lucien a du mal à marcher.

— Aide-moi à avancer.

Suzanne le soutient. Lucien se sent de plus en plus vaillant, il retrouve peu à peu des forces. Malgré la douleur qui le lance, ils accélèrent le pas. Au bout d'une bonne demi-heure, ils parviennent à la ferme de Lisette. Suzanne a fini par obtempérer et accepter de lui montrer l'endroit où Jeanne a été abattue. Les cadavres de la tuerie n'ont toujours pas été enlevés. Suzanne détourne le regard. L'odeur est insoutenable. Un bruit les fait sursauter, un chat déboule en miaulant dans la pièce où le corps de Jeanne, très abîmé, gît sur le sol. Lucien se met à fouiller les vêtements de la morte. Suzanne s'insurge, il n'a donc aucun respect pour le repos de cette femme, et puis que lui veut-il si elle n'est pas son épouse ? Sourd aux reproches de la jeune femme, l'aviateur continue sa fouille méticuleuse, palpe la poitrine, les poches, puis les bottes. Enfin, il trouve ce qu'il cherchait : une carte qu'il déplie aussitôt. Elle comporte les positions des armées françaises. Suzanne percute, Lucien est un espion ! Mais elle ignore pour qui il travaille.

— Tu vas continuer à faire ce que je te demande, sans poser aucune question. Allez, on retourne chez les bonnes sœurs. Et pas un mot à ton cher chirurgien.

Il la tire par le bras, enfonce ses doigts dans la peau de Suzanne, marquant son autorité dans sa chair.

*
* *

Agnès a fait chauffer de l'eau. Elle est debout dans la grande bassine où elle a l'habitude de se laver. Elle détache sa longue chevelure châtain. Elle se savonne lentement. Elle descend la main entre ses cuisses. Elle n'a jamais fait ça auparavant. Elle pense à Till. C'est délicieux et douloureux à la fois. Elle jouit. Pleine de colère et de culpabilité, elle sent qu'elle ne sortira pas indemne de ce grand bouleversement.

Troisième Partie

1

17 septembre 1914

En ce début de matinée, le hangar de l'usine est désert. Les ouvrières n'ont plus de travail. Caroline nettoie sa voiture pleine de sang. Elle l'avait mise à disposition des brancardiers pour aller chercher des blessés sur le cantonnement. Elle entend des voix d'hommes. Charles est accompagné d'un ingénieur. Ils inspectent les infrastructures pour voir si le matériel de construction peut suffire à fournir des munitions. L'ingénieur fait remarquer qu'il manquera des machines pour fabriquer les amorces et les détonateurs. Charles se permet alors une réflexion sur la saleté de la voiture de Caroline.

— Ma voiture a sauvé des vies, pendant que toi tu réfléchis à la fabrication de munitions ! L'armée manque de voitures pour transporter des blessés, c'est abominable...

— Je sais, mais ce n'est pas notre problème, nous devons trouver un moyen de fabriquer nos munitions de A à Z sans passer par une autre usine pour les explosifs...

Les deux hommes s'éloignent. Caroline fait le tour du hangar où sont immobilisés les camions prêts à servir, mais à quoi ? Elle retire la bâche d'un camion, grimpe à l'arrière, s'allonge dedans et réfléchit. Marguerite a fait preuve d'héroïsme en ramenant un blessé. Les sœurs font preuve d'héroïsme au quotidien, mère Agnès en tête. Mais elle, que peut-elle faire concrètement pour participer à l'effort de guerre ? Certainement pas fournir des munitions. La solution se trouve dans ces camions. Elle a les camions, elle a des ouvrières pour en fabriquer, il ne manque plus que des conducteurs. Elle esquisse son projet dans sa tête, elle n'a que faire de Charles, elle n'a pas besoin de Charles, Charles ne compte pas, c'est un fantoche. Elle se dit qu'elle peut bien se passer des hommes lorsqu'ils ont des intentions peu louables et surtout contraires à ses valeurs, et à celles de Victor. La guerre va durer, et le lot de blessés va continuer de grossir. Elle a des camions à disposition, il faut qu'ils servent à quelque chose. Depuis son mariage, Caroline s'est laissé porter par la vie rassurante que lui offrait Victor. Marguerite a raison quelque part, elle s'est endormie dans son statut de bourgeoise. Il est temps qu'elle soit dans l'action, qu'elle prenne des décisions, et peut-être même des risques. Revoir Marguerite lui donne des ailes, comme un nouveau souffle. Elle a l'impression de retrouver la jeune fille audacieuse qu'elle a été. Ses sensations qui renaissent la renforcent. Elle se sent femme et puissante. Après tout, ce n'est pas incompatible. Bien au contraire.

*

* *

Marguerite retire sa robe noire dans un soupir. Elle rentre des funérailles de Léon où elle a revu Colin. Colin bien vivant, mais décidé plus que jamais à en découdre avec les Allemands, pour la France et pour venger ses amis morts si jeunes. Marguerite l'a laissé retourner au cantonnement à regret. Elle a perçu la peine du général Duvernet dans son regard, malgré une dureté affichée. Elle a appris à lire dans les visages impénétrables des hommes de pouvoir, elle sait détecter leurs failles. À la fin de la sobre cérémonie, il est resté seul avec, en main, la guitare de son fils défunt remise par Colin. Le général a refusé que la guitare soit placée dans le cercueil malgré l'insistance de Joseph qui avait offert l'instrument de musique à son frère. Marguerite ne juge pas ce père en apparence sévère. On ne sait pas ce qu'il ressent. Les pères craignent pour leurs fils autant que les mères, Marguerite en est certaine.

Elle est en sous-vêtements quand Marcel entre dans la chambre sans frapper. Évidemment, il est chez lui, évidemment, il est le patron, mais à cet instant, elle aurait besoin d'un peu d'intimité.

— Le général Duvernet est en bas, il te réclame. Je me demande bien ce qu'il fout là. Un général, ça va pas aux putes, normalement…

Marguerite enfile à nouveau sa robe d'enterrement. Elle est sculpturale dans cette tenue. Marcel la dévore du regard, sa beauté lui coupe le souffle.

— Tu couches avec Duvernet ?

— Pourquoi, t'es jaloux ?

Bien sûr qu'il est jaloux ! Il aimerait sentir le corps de cette femme contre lui, s'en emparer, l'avoir pour lui tout seul. Son corps et peut-être plus encore. Ses sentiments pour elle l'embarrassent, l'encombrent même, il ne peut pas se permettre de faiblir.

Marguerite descend dans le salon vide. Yvonne a renvoyé toutes les filles dans leurs chambres. Duvernet est installé dans un fauteuil crapaud, il tient la guitare de son fils, il regarde le sol, perdu dans ses pensées et son chagrin. Marguerite approche, il relève la tête, et a du mal à retrouver sa posture de général. Sa diction est tremblante.

— Je voulais savoir… comme vous étiez près de mon fils dans ses derniers instants…

— Il m'a prise pour sa mère… Les effets de la morphine…

— Elle lui manquait tellement, il n'avait que douze ans quand elle est morte.

Duvernet a du mal à aller plus loin, il est rattrapé par la pudeur. Il hésite à poser la question qui le brûle, mais dont la réponse risque de l'achever. Il le sait, il a anticipé.

— Et… il a eu un mot… pour moi ?

Marguerite pourrait lui mentir, mais ce ne serait pas lui rendre service.

— Non. Je suis désolée.

La vérité est dure à encaisser pour le général, son silence traduit sa douleur. Il se lève, tente de demeurer digne, soulève l'instrument de musique.

— La guitare… Je ne l'ai pas mise avec Léon dans le cercueil… parce que c'est tout ce qu'il me reste de lui.

Marguerite avait donc percé ce militaire à jour. Sous sa carapace d'homme que rien ne semble ébranler se dissimule une belle âme, sensible et humaine.

Deux soldats descendent les escaliers, riant au bras de prostituées dénudées. Le général leur lance un regard accablé et prend congé. Yvonne n'aime pas la situation. La tenancière prépare un café pour son frère, elle y ajoute trois sucres, prend le temps de bien mélanger, elle sait parfaitement comment Marcel aime son café. Elle toise Marguerite.

— Un général dans un bordel, c'est jamais bon, Marcel... Je sens pas bien sa présence ici... Il va nous coller une inspection sanitaire sous peu ! Tout ça à cause de cette grande rouquine !

— T'inquiète. On n'aura pas d'emmerdes. Ils ont besoin de nous, pour le « moral des troupes »...

Marguerite remonte dans sa chambre, suivie des deux autres prostituées.

— Marcel, arrête avec cette fille ! Depuis qu'elle est là, tout part en vrille. Faut qu'elle dégage ! Je vois bien ce qui t'arrive, je veux plus ça pour toi, je veux pas te ramasser à la petite cuillère après. Et puis, on est bien, non, tous les deux ? Elle vient tout gâcher celle-là avec ses airs de grande dame. Elle vaut pas mieux que les autres !

Marcel laisse sa sœur s'énerver toute seule. Il sait qu'elle est jalouse de la moindre femme qui l'approche, sauf de Juliette. Juliette, elle est faible, manipulable, Yvonne sait qu'elle peut la broyer comme elle veut, Juliette lui mange dans la main, et puis Juliette, c'est juste pour le sexe, Marguerite, c'est autre chose.

*
* *

Suzanne est très nerveuse. Elle est rentrée à l'aube de son escapade avec Lucien. L'homme ne quitte jamais son arme. Elle se sent en permanence sur le qui-vive à ses côtés. Elle ne connaît rien de ses intentions, elle se laisse porter par son mensonge, leur mensonge désormais. Rien de bon ne peut sortir de cette alliance forcée. Mère Agnès est venue la chercher ce matin dans sa cellule. Lucien l'a autorisée à sortir, mais elle doit faire encore plus attention à ne pas éveiller les soupçons des sœurs et du médecin. La mère supérieure a employé un drôle de ton lorsqu'elle a demandé des nouvelles de son « mari ».

Suzanne est fébrile lorsqu'elle pénètre dans la salle d'opération. Joseph nettoie la table des interventions, il la regarde à peine. Elle s'enquiert de son état après le décès de son frère. Il est très peiné mais l'attaque sur un tout autre sujet, lui reprochant de ne pas lui avoir dit qu'elle était mariée. Il n'est pas le genre d'homme à fricoter avec les femmes mariées. Suzanne lui assure qu'elle non plus n'est pas « ce genre de femme ». Elle voudrait tant lui dire plus, le rassurer, le soutenir dans son deuil, l'aider encore plus qu'elle ne le fait. Suzanne s'attache rarement aux hommes. Elle papillonne, prend du bon temps, flirte dans des cafés, mais entre son boulot à la Pitié-Salpêtrière et ses activités au dispensaire, elle n'avait pas vraiment la place d'inclure un homme à plein temps dans son quotidien chargé.

— Vous pouvez encore compter sur moi à l'hôpital…

Elle pense à leur baiser, furtif mais puissant. Elle doit renoncer à ça, à vivre un grand amour. Faire ce sacrifice, au nom de quoi ? Elle ne le sait même pas finalement.

— Parfait, l'incident est donc clos.

Sans un regard, il sort de la pièce et la laisse terminer le nettoyage. Suzanne a le cœur qui vibre et qui saigne. Pour la première fois.

2

Les rideaux sont fermés. Pas un bruit. L'hôtel de passe est plongé dans un silence inquiétant. Les filles en sous-vêtements attendent leur tour. Certaines cherchent à se dissimuler, les mêmes dont la pudeur saute lorsqu'il s'agit de travailler et de séduire les clients. Mais devant le médecin, elles sont un peu gênées. Elles savent qu'il est là pour chercher les maladies dites honteuses. Un espace a été aménagé au fond du salon pour l'inspection. Joseph a été chargé par son père de réaliser cet examen. Il ne le fait pas de gaîté de cœur. Sa place n'est pas ici, mais auprès des blessés au couvent. Alors que les filles défilent devant lui, il essaie de faire abstraction de leurs conditions, de leurs histoires. Il doit juste vérifier qu'elles sont en bonne santé et qu'elles ne sont pas porteuses de maladies vénériennes. Il ne faudrait pas qu'elles contaminent les soldats, dixit son général de père. Mais c'est ainsi, depuis toujours, les militaires et les prostituées partagent la même histoire, et les mêmes maladies. Les filles fixent le sol, nerveuses, certaines se rongent les ongles. Si elles sont malades, Marcel les virera, et personne d'autre ne les reprendra.

La chair est triste, et cruelle de surcroît. Joseph demande à la dernière jeune fille de disposer. La nouvelle tombe comme un couperet : six d'entre elles ont la syphilis. Yvonne et Marcel accusent le coup. Ils savent ce que cela signifie. Certaines protestent qu'elles vont bien, qu'elles n'ont aucun symptôme, qu'elles sont en grande forme. Joseph fait de la pédagogie : elles sont dans une période de latence, et cela peut durer longtemps. La maladie est comme endormie, mais elles sont contagieuses, il est donc important qu'elles se soignent. Marcel coupe court à toutes récriminations :

— Celles qui l'ont, vous dégagez !

L'une d'entre elles se rebiffe :

— Et où veux-tu qu'on aille ? Tu crois que je peux retourner dans ma famille, moi ? Tu sais d'où je viens, ce que je risque !

— C'est pas mon problème. Je vous laisse jusqu'à demain.

Marcel monte dans son bureau, sourd aux plaintes des jeunes filles. Juliette le suit, paniquée.

— Marcel, je pars pas moi, hein ?

— J'espère que tu m'as pas refilé cette merde... Maintenant, du balai, pas de traitement de faveur, dégage...

Juliette l'implore de la garder et se jette à ses pieds. Il la repousse et s'enferme dans son bureau.

Yvonne saisit l'occasion pour retourner la situation contre Marguerite.

— Tout ça c'est sa faute ! Elle nous a ramené le général ici, et voilà les conséquences...

Juliette est dégoûtée et s'en prend à Marguerite :

— En plus, toi, tu l'as pas ! C'est dégueulasse.

Marguerite encaisse, elle est désolée pour les filles, elle n'a certainement pas voulu ça pour elles. Même pour Juliette qui lui cherche des noises depuis son arrivée. Elle a soudain une idée, comme une révélation. Elle ne perd pas de temps, sort de l'hôtel, ne prend pas la peine de répondre aux remarques désobligeantes d'Yvonne qui continue de la fliquer.

Elle se gare chez les Dewitt. Il n'y a personne dans la cour, l'usine paraît déserte. L'activité est en sommeil. Elle entre dans le hangar. Caroline est affairée à son bureau, Madeleine dessine à ses côtés. Marguerite approche en silence, elle ne peut s'empêcher d'admirer Caroline. Elle cherche dans son visage les traits de la jeune fille qu'elle a follement aimée. Caroline a l'air plus dure, plus froide, mais Marguerite sait ce qui se cache derrière cette chevelure brune nouée en chignon bas. Elle sait les ravages qu'elle peut provoquer lorsqu'elle libère sa chevelure sauvage et, en même temps, sa féminité. Caroline redresse la tête, surprise et embarrassée de voir Marguerite dans son environnement quotidien. Marguerite chez les Dewitt, c'est incongru, il y a quelques jours c'était même inconcevable. Sa présence la déstabilise. Les Dewitt ne connaissent rien de son ancienne vie, elle ne veut pas qu'ils sachent, de crainte qu'ils ne la chassent. Éléonore n'a de cesse de lui répéter qu'elle n'est pas des leurs, qu'elle est une pièce rapportée à l'édifice, qu'elle est un accident sur le parcours de son fils.

Marguerite perçoit la gêne de Caroline, l'hostilité même. Elle n'est pas là pour lui causer du tracas, elle n'est pas là pour ressasser les bons et les mauvais souvenirs. Elle est là pour lui demander son aide, et pourquoi pas sceller à nouveau leurs destinées par une action commune et louable.

— Caroline, je suis venue te demander un service. Il y a eu une inspection sanitaire, certaines des filles ont la syphilis, elles ne peuvent plus exercer. Elles ont besoin de travail. Elles pourraient remplacer tes ouvriers partis au front... Ce sont des courageuses, des filles solides, elles en ont vu, tu sais, elles peuvent s'adapter à tout...

— Mais toi ? Tu n'es pas malade ?

— Non, je n'ai rien. Merci de t'inquiéter pour moi.

Caroline coupe court à tout épanchement.

— Je peux rien pour « tes » filles... J'ai déjà remplacé les ouvriers par leurs épouses et puis, de toute façon, je n'ai plus aucun pouvoir. Mon beau-frère est en train de transformer l'usine en fabrique de munitions. Mais j'ai mon idée...

— Dis-moi ! Tu peux me faire confiance, tu sais.

— J'envisage de transformer les camions en ambulances. Ils sont à l'arrêt dans le hangar, et ne servent plus à rien... Je vais écrire à Victor pour lui exposer mon projet. Je suis certaine qu'il le préférera à celui de son frère.

— Ton idée est brillante, Caroline ! Et je sais très bien qui pourrait t'aider.

Marguerite prie Caroline de la suivre jusqu'à l'état-major. Duvernet l'apprécie et en échange de sa présence auprès de son fils sur son lit de mort, il pourrait, si ce n'est leur donner son accord, au moins les écouter. Caroline se laisse porter par Marguerite, cette dernière ayant toujours su prendre les choses en main.

*
* *

Le général écoute les deux femmes avec attention. Il a hésité à les recevoir, mais quand son ordonnance a annoncé le nom de Marguerite de Lancastel, il les a accueillies sur-le-champ. Caroline Dewitt déroule un argumentaire extrêmement bien ficelé, son projet tient la route. Elle s'est documentée sur l'aspect technique : il suffit de modifier les amortisseurs pour que les civières bougent le moins possible et éviter les secousses pour le confort des blessés. Sept camions sont disponibles, elle a fait un calcul, cela ferait 28 blessés par convoi d'une demi-heure. Elle imagine assurer des rotations de dix, voire vingt convois.

— Mais qui seraient les conducteurs ?

Marguerite prend la parole. Jusqu'ici elle a laissé Caroline s'exprimer, c'est à son tour de forcer un peu le destin.

— Vous voulez dire les conductrices… Certaines filles du bordel n'ont plus de travail depuis l'inspection sanitaire. Derrière un volant, elles ne contamineront personne.

— Mais qui va les payer ?

Caroline saisit l'opportunité.

— Moi, si vous me passez commande !

— Elles savent conduire un camion, évidemment ?

Marguerite et Caroline n'en ont pas la moindre idée, mais elles acquiescent. Elles aviseront, certaines que les filles seront prêtes à tout pour subvenir à leurs besoins.

Duvernet est impressionné par l'idée et la détermination des deux femmes qui font preuve d'audace et de ténacité.

— Vous pourriez être opérationnelles après-demain ?

Caroline saisit sa chance.

— Oui, mon général !

*
* *

Emplie de force et d'énergie contagieuse, Caroline a décidé d'affronter les Dewitt. La mère et le fils sont là, dans le salon, buvant un digestif dans un mutisme glacial. Caroline se sert un verre de vin, boit une gorgée, savoure le breuvage et sa victoire qu'elle sent proche. Elle brise le silence et affecte un ton neutre, presque dépassionné.

— Les usines Dewitt continueront à fabriquer des camions.

Éléonore et Charles sont surpris par l'aplomb de Caroline et ne comprennent pas vraiment la portée de sa phrase.

Elle rapporte son entrevue avec le général, l'enthousiasme de Duvernet pour ce projet, la confiance qu'il lui a témoignée, le fait que si l'essai est probant, l'armée lui passera une nouvelle commande, ce qui servira de garanties auprès de la banque. L'usine sera ainsi sauvée, sans changer d'activité. C'en est trop pour Charles qui perd son sang-froid, se lève et saisit brusquement Caroline par le bras.

— Tu as réussi à embobiner ton général, bravo... Mais pour la commande, il faut l'accord du ministère de la Guerre !

Caroline a un geste de recul, elle perçoit toutes les frustrations de Charles, les rancœurs, la folie et la cruauté aussi. Elle comprend de quoi cet homme est capable. Elle est désormais son ennemie, elle ose se placer sur son chemin, contrecarrer ses plans, elle sent qu'il va le lui faire payer. Il n'hésitera pas, elle le lit dans son regard, dans la force de son étreinte. Femme ou pas, il l'anéantira.

— Charles, lâche-la ! Caroline a raison, c'est une très bonne nouvelle pour nous tous. L'usine ne changera pas d'activité, il n'y aura pas de frais supplémentaires. Et puis, tu devrais être content, tu vas pouvoir retourner à Paris, retrouver ton poste au ministère, toi qui aimes tant la capitale…

Acculé par ces deux femmes qui finalement semblent se souder contre lui, il sort de la pièce, furieux. Il tente de contenir sa colère, il se sent capable de tout casser dans cette demeure qu'il déteste autant qu'il a détesté ses parents, son frère, son enfance. Et ça continue, sa belle-sœur ajoute une pierre à l'édifice de ses échecs et insatisfactions. Depuis qu'il est enfant, c'est ainsi, il y a toujours quelqu'un pour lui compliquer les choses. Il pensait pouvoir apaiser son hostilité envers sa famille, Caroline vient de raviver toutes ses douleurs et ses frustrations.

3

Suzanne a été alertée par les cris du blessé. Des cris qui n'étaient pas en français, mais en allemand. Elle a d'abord songé qu'elle faisait erreur et que le blessé articulait mal. Mais lorsqu'elle s'est approchée de lui dans la salle des obusités, elle n'a eu aucun doute, il hurlait dans son sommeil en allemand. Elle secoue Till pour tenter de le calmer, il sursaute et s'adresse à elle dans sa langue maternelle. Il réalise qu'il vient de se faire démasquer. Elle est démunie face à la détresse de cet homme, c'est un ennemi, mais c'est avant tout un être humain qui doit être soigné. N'est-elle pas elle-même un imposteur, une dissimulatrice empêtrée dans des mensonges qui l'enferment de plus en plus ? Elle interpelle Agnès dans le couloir, pensant partager une révélation.

— Bien, et que comptez-vous faire, Jeanne ?

— Nous n'avons pas le choix, je suis obligée de parler au médecin-major…

— Nous avons toujours le choix…

— Pardon ? Vous êtes prête à abriter un ennemi, ma Mère ?

— J'abrite déjà quelqu'un qui est recherché par la police...

Suzanne tressaille.

— Vous êtes Suzanne Faure, une avorteuse, et je me demande bien qui est cet homme qui partage votre chambre et qui se fait passer pour le mari d'une morte. Visiblement, vous n'êtes pas très proches.

Suzanne ne sait que répondre.

— Si vous n'aviez pas sauvé ces hommes traumatisés, je vous aurais dénoncée.

— Mais vous saviez qu'il était allemand, n'est-ce pas ? Et vous le protégez... Vous vous rendez compte de ce que nous risquons ?

— Oubliez ce que vous venez de découvrir et j'oublie ce que je sais sur vous.

Suzanne et Agnès sont unies par le secret. Un secret qui sauve leur peau à toutes les deux. Suzanne comprend que quelque chose lie la religieuse et le soldat allemand. Elle songe à l'impensable, mais se ressaisit. Que cette idée ait effleuré son esprit l'étonne, une bonne sœur amoureuse d'un soldat... Non, il doit y avoir autre chose. Elle se fait la promesse de se taire, quoi qu'il arrive. En échange, Agnès fera de même. Elle en a la certitude.

*

* *

La situation est absurde. Lucien a tenu à ce que Suzanne et lui prennent leur déjeuner à la même table que Joseph. Suzanne n'arrête pas de lancer des regards gênés au médecin. Personne ne parle. Joseph évite les yeux de Suzanne, se hâte de terminer son café, se lève et prend congé poliment. Lucien comprend :

— Tu couches avec lui, c'est ça ?

Suzanne adorerait que ce soit vrai. Elle sait qu'il n'y aura plus jamais de baisers entre eux, qu'elle devra se contenter d'échanges professionnels et froids. Lucien a décelé leurs sentiments. Il y a des signes qui ne trompent pas. Suzanne ne répond pas. Lucien est soudain tout pâle, il se tient la tête entre les mains, vacille et s'évanouit. Joseph et Suzanne le transportent immédiatement en salle d'opération où, là, il reprend doucement ses esprits. Les fragments de balles font pression sur le cerveau et provoquent des troubles de la vision. Plus question pour lui de piloter un avion.

— La guerre est finie pour vous, je vais demander votre démobilisation.

— Hors de question !

Suzanne essaie de le calmer, comme le ferait une véritable épouse. Joseph se dit que d'autres hommes à sa place se réjouiraient d'être démobilisés.

— Jeanne, je suis désolé pour votre mari...

Cette phrase venant de la bouche de l'homme qu'elle aime, Suzanne la reçoit comme un uppercut en plein cœur.

— Cessez donc d'être désolé pour moi et laissez-moi tranquille !

Elle retrouve Lucien dans leur cellule. L'homme ne bronche pas, il réfléchit à une manière de pouvoir utiliser son avion à nouveau, il en a besoin pour sa mission. S'il perd l'usage de ses yeux, il devra renoncer à son métier, mais il n'abandonnera pas ce qu'il a entrepris. Il ne peut pas se le permettre, la vie de la personne qu'il aime le plus au monde en dépend. Suzanne semble être de son côté, elle n'est pas si rétive, finalement.

4

Les mots de Caroline sortent facilement. Elle a décidé d'écrire à Victor pour partager les bonnes nouvelles de l'usine et lui mettre un peu de baume au cœur. Dans le bureau de son mari devenu le sien, elle rédige sa lettre en regardant la photo de leur bonheur familial avec Madeleine.

Mon tendre,

Tu es parti seulement il y a quelques jours, mais déjà j'éprouve le besoin de t'écrire, pour ne pas rompre le fil entre nous, ainsi j'ai l'impression que tu es à mes côtés. Depuis ton départ, beaucoup de choses ont changé. Ton frère Charles est parmi nous, mais il nous pose bien des problèmes. J'ai réussi à lui résister, il voulait transformer l'entreprise en usine à munitions, mais avec l'aide de mon amie Marguerite que j'ai connue à Paris il y a longtemps – je te parlerai plus longuement de Marguerite dans une prochaine lettre –, l'usine va fournir des ambulances à l'armée, grâce à nos ouvrières, tu vas être fier. Leurs maris ont finalement été mobilisés, elles ont donc accepté de prendre leur place. Ce sont des femmes formidables. J'aimerais tant que tu sois là pour tout superviser, j'espère que tu auras vite une permission. Madeleine est très sage, elle ne quitte pas la poupée que tu lui as offerte, elle est très courageuse, tu sais. Ta chère mère se porte bien, et je crois qu'elle commence à m'apprécier et à reconnaître mon dévouement pour l'entreprise. Je tiens tellement à faire honneur aux Dewitt, à toi et à ton défunt père. Quand tu reviendras, nous irons avec Madeleine au Grand Café savourer des mousses au chocolat au lait comme tu les adores. Alors, nous rirons tous les trois. Je t'envoie plein de douceur, écris-moi vite et, surtout, prends soin de toi. Puissent mes mots te réconforter et t'aider à surmonter cette épreuve.

Ta Caroline.

*
* *

Les ambulances sont fin prêtes. Les ouvrières ont travaillé d'arrache-pied sans compter leurs heures. L'état-major a été informé d'une grosse offensive, les combats seront rudes, avec leurs lots de blessés et d'infortunes. Caroline inspecte le travail. Elle est fière de ses employées. Jean, le contremaître, est soulagé de ne pas avoir à fabriquer des munitions. Madeleine a grimpé derrière le volant d'un des véhicules, et s'imagine conduisant le camion pour aller chercher son père au front.

Marguerite arrive avec les six filles renvoyées du bordel. Elles fument et rient nerveusement pour masquer leur gêne devant Caroline qu'elles considèrent comme une bourgeoise, n'appartenant pas à leur monde.

— Les filles, voici... Madame Dewitt...

— Vous pouvez toutes m'appeler Caroline.

La distance mise par Marguerite dans le solennel « Madame Dewitt » les surprend toutes les deux.

Dans cette nouvelle aventure, ces deux combattantes de la vie feindront de ne pas se connaître, le vouvoiement est donc de circonstance.

— Caroline, je vous présente Florence, Juliette, Irène, Odile, Alice et Catherine.

— Enchantée, mais nous avons besoin de sept conductrices.

— Je suis la septième.

Pendant que les filles tournent autour des ambulances et font la connaissance des ouvrières, Caroline la prend à part. Comment va-t-elle faire avec le bordel ? Marguerite a tout prévu : elle se consacrera la journée à son boulot d'ambulancière et le soir elle sera à l'hôtel, tout est compatible. Elle a Marcel dans la poche, et ce n'est pas son horrible sœur qui l'empêchera de rendre service et de tout faire pour sauver des vies.

Caroline propose de montrer le fonctionnement des camions aux filles. Ce n'est pas très différent d'une voiture, avec les trois pédales. Marguerite monte également au volant d'une des ambulances.

— Voilà, l'accélérateur, le frein et la pédale pour embrayer. Et ça, c'est le levier de vitesse. Vous empoignez le manche et…

Les filles explosent de rire. Elles fanfaronnent :

— Ah ben ça, on sait faire !

Seule Juliette fait la mauvaise tête. Marguerite n'est pas surprise de cette hostilité.

— On est payées des clopinettes pour risquer notre vie, et en plus on ne sait même pas où on va dormir ce soir ! Tu parles d'une aubaine…

— Vous pouvez dormir une nuit dans l'usine, mais c'est provisoire. Après, nous trouverons une autre solution.

Les prostituées acceptent la proposition de Caroline.

La fin de la journée se déroule dans la bonne humeur, les filles conduisent de mieux en mieux. La douceur et les lumières chaudes de cette journée d'été indien gomment quelques instants l'absurdité de la guerre. Marguerite détache ses cheveux qui rougeoient au soleil couchant, Caroline avait presque oublié sa beauté flamboyante. Elle a envie de lui prendre la main, se retient et ose enfin la question qui lui brûle les lèvres depuis leurs retrouvailles.

— Marguerite, pourquoi tu es venue à Saint-Paulin ?

Marguerite lui confie qu'elle a cherché voilà quatre ans la trace de son fils confié à l'Assistance publique. Elle a su qu'il avait fait des études dans un bon lycée parisien, puis intégré Saint-Cyr. Elle a ensuite obtenu l'information qu'il était au front dans les Vosges.

— Je crois qu'il ne sait même pas qu'il a été adopté. Tu verrais le beau et courageux jeune homme qu'il est devenu. Avec moi, il aurait mal tourné, je n'avais rien de bon à lui offrir, si ce n'est devenir un voyou ou un maquereau.

— Tu n'as pas à culpabiliser… Mais que vas-tu faire ?

— Je veux juste faire sa connaissance. C'est cette guerre qui m'a poussée à le retrouver, je crois que sans cette urgence dramatique, je n'aurais jamais eu le courage…

— Fais attention, Marguerite, à ne pas trop t'attacher à lui…

Marguerite prend la main de Caroline. Une onde délicieuse remonte vers leur cœur, elles renouent avec les sensations d'alors. Leur histoire est inscrite dans leur chair. Les corps se souviennent toujours.

5

17 septembre 1914

Les premiers tirs de mortier retentissent. Les nouvelles ambulancières tremblent intérieurement, mais surmontent leur peur. Il n'y a rien de bon dans la peur. Elle tétanise les actions, or ces femmes sont désormais dans le feu de l'action. Il n'y a plus de place pour l'hésitation. Elles se répètent en boucle les instructions de l'officier.

Les ambulances, brancardiers compris, sont divisées en deux groupes et sont garées à une centaine de mètres d'un bataillon. Marguerite reconnaît la section de Colin, elle la voit prête à intervenir. Les soldats commencent à arpenter la montagne. L'opération consiste à reprendre un campement près d'un lac occupé par les Allemands. Les filles doivent être prêtes à intervenir à tout moment.

Les combats font rage. Les morts et les blessés sont nombreux des deux côtés. Le champ de bataille n'est que débris d'obus et de chair. Les ambulancières sont face à l'horreur de la guerre. Colin est bloqué derrière un rocher, les rafales de mitrailleuse n'en finissent pas, les tirs incessants empêchant toute progression. Colin décide d'agir. Il hurle à ses hommes de courir l'un derrière l'autre, s'exposant aux balles et à la mort. Il est pris d'une montée d'adrénaline. Rien ne peut l'arrêter, il faut avancer, défendre la moindre parcelle de terre, le moindre bosquet. Il s'élance, tire à l'aveugle en hurlant pour couvrir le fracas du monde. Un de ses hommes s'écroule. Colin fait demi-tour pour l'aider, il parvient à le traîner quand un obus vient s'abattre tout près d'eux. Colin est sonné, le visage recouvert de terre. Ses oreilles n'entendent plus, sa vision est trouble, il peine à reconnaître son ami Gus qui essaie de lui dire qu'il faut bouger. Colin est sous le choc, il est sur le point de perdre connaissance.

*
* *

L'air est rempli de gémissements de douleur. Les brancardiers déposent les premiers blessés dans les ambulances. Juliette tourne de l'œil devant un homme éviscéré. Elle n'avait jamais vu ça auparavant, bien qu'elle se soit trouvée confrontée à la violence dès son plus jeune âge. Les coups de poing du père sur la mère, les coups de ceinture sur son corps de fillette, les hommes à la sexualité tordue. Mais rien de tel. Elle ne tiendra pas, elle n'est pas faite pour ce nouveau métier forcé. Marguerite la secoue, il faut qu'elle se reprenne, elle a besoin d'elle, tout le monde a besoin d'elle, elle est utile à la patrie, elle ne doit pas flancher, elle fait preuve d'un grand courage en étant présente pour ces hommes. Marguerite déploie une batterie d'arguments pour que la jeune fille se motive et agisse.

Juliette se soulage d'un léger filet de bile et se ressaisit. Elle veut prouver à sa rivale auprès de Marcel qu'elle n'est pas une mauviette. Peut-être que si Marcel apprend tout ça il la reprendra auprès de lui, pas en tant que prostituée mais en tant qu'amoureuse. Une fois le camion chargé par les brancardiers, les deux femmes s'installent au volant de leur véhicule et démarrent en trombe.

*
* *

Il fait presque nuit lorsque le dernier convoi arrive devant le couvent. Les ambulancières ont effectué plusieurs voyages avec succès. Elles sont exténuées, mais cela ne les empêche pas d'aider les brancardiers à décharger les blessés. Elles ont toutes fait preuve d'un courage hors norme. Caroline est satisfaite, ses camions tiennent le choc, et aucun blessé n'a été trop secoué dans l'ambulance.

— Marguerite, veux-tu venir boire un verre à l'usine ?

— Je suis désolée, mais je n'arrête pas de penser à Colin. Je dois retourner au campement voir s'il s'en est sorti. Je suis très inquiète pour lui.

Tout au long de la bataille, elle a reconnu sur les civières des proches de son fils. Elle ne peut s'empêcher de l'imaginer gisant dans la boue.

Marguerite remonte dans son ambulance, lance un regard tendre à Caroline qui lui rend un sourire inquiet mais admiratif de la détermination à toute épreuve de cette femme d'exception. Caroline est fière de connaître Marguerite. Elle ne peut s'empêcher de regarder avec appréhension l'ambulance s'éloigner. Maintenant que Marguerite est revenue dans sa vie, à une autre place que celle qu'elle occupait par le passé, elle sait qu'elle aura du mal à la perdre à nouveau. Le général Duvernet la sort de ses pensées. Il a l'air grave.

— Madame Dewitt, je tenais à vous l'annoncer moi-même. Votre mari… est mort pour la patrie il y a trois jours. Les Allemands ont bombardé le campement dans lequel il se trouvait. L'information vient seulement de nous parvenir.

Caroline ne sent plus ses jambes, la nouvelle se propage dans tout son corps, elle ne laisse échapper aucune larme malgré l'anéantissement de son cœur. Elle ne reverra plus jamais Victor.

6

Suzanne n'en revient pas. Elle a réussi à copiloter l'avion de Lucien. Il ne lui a pas laissé le choix. Au moment où les ambulances se sont mises en route, il l'a forcée à le suivre, malgré ses douleurs à la tête, jusqu'à l'orée de la forêt, et c'est avec stupeur qu'elle a découvert l'avion qu'il y avait dissimulé. Lucien l'a obligée en la menaçant avec son arme à prendre place dans l'un des deux postes de pilotage et ensemble, ils ont survolé toute la zone de combat. Bien concentrée sur le manche, Suzanne a constaté l'ampleur du désastre ; jusqu'à présent, le front était une notion presque abstraite dont elle devinait la dureté au travers des blessures des soldats qu'elle soignait au couvent. Là, depuis cette carlingue, elle a découvert le champ de bataille, la nature détruite, les arbres arrachés, les trous dans la terre, les corps déchiquetés alignés au sol. Elle ne sait pas comment ils ont réussi à se poser au crépuscule dans un champ où des braseros dessinaient une piste d'atterrissage. À leur descente de l'avion, Suzanne réussit enfin à se détendre et se laisser porter par les événements. Soudain, des soldats allemands sortent de la forêt, tenant Suzanne et Lucien en joue. Lucien n'a pas l'air paniqué. Au contraire, il se retourne vers elle et lui, avant de s'avancer vers eux :

— Calme-toi, et attends-moi ici. Si tu te tiens tranquille, il ne t'arrivera rien.

— Mais à quoi vous jouez ? Vous travaillez pour eux ? Vous êtes un traître ?

Lucien ne prend pas la peine de lui répondre et va à la rencontre de l'homme qui se tient derrière les soldats. Il est habillé en aviateur et parle français.

— J'ai cru que tu ne viendrais plus, et c'est qui elle ?

— Elle travaille avec moi, elle est fiable...

Suzanne n'entend rien de leur échange, mais elle distingue les documents que Lucien a récupérés sur le corps de Jeanne. Nul doute, il s'agit d'un espion à la solde de l'ennemi. Elle a envie de hurler sa haine et son dégoût.

L'homme regarde la carte aérienne remise par Lucien, il la froisse et s'énerve :

— Ces infos sont caduques, elles ne nous intéressent pas, les plans français ont changé... Nos services nous ont alertés que ton armée prépare une autre offensive d'envergure et que votre président va se déplacer. Je veux tout savoir à ce propos, tout, tu m'entends, sinon tu peux dire adieu à...

Lucien n'écoute même pas la fin. Il se blinde, et encaisse les nouvelles données en serrant les dents, il n'a pas d'autre choix que de collaborer. L'officier allemand s'éloigne, les soldats continuent de les tenir en joue. Lucien retrouve Suzanne qui le traite de monstre. À sa place, il penserait la même chose qu'elle, comprend la colère de cette femme qu'il trouve de plus en plus courageuse. S'il lui arrivait quelque chose, elle serait un dommage collatéral de toute cette absurdité. Il ne peut rien lui dire, il ne peut pas prendre ce risque et doit continuer à être froid et autoritaire avec elle. Il regarde le ciel, la nuit avance, il a de nouveau de violents maux de tête et sa vue décline encore. Ils dormiront là, et repartiront à l'aube.

*

* *

Le cantonnement est ravagé, le feu consume encore les arbres, des cadavres jonchent le sol boueux. Seul le lac semble avoir été épargné tant l'eau est calme. Il règne une atmosphère post-apocalyptique à laquelle se mêlent des airs de fête. Les soldats français ont réussi à reprendre leur campement, ils ont gagné cette bataille, mais à quel prix ? Ils savent qu'il y en aura d'autres et des défaites aussi, que s'ils ont pu sauver leur peau cette fois-ci, l'avenir est incertain. Des jeunes soldats boivent et chantent au milieu des cadavres, d'autres les transportent jusqu'à la fosse commune. Marguerite erre au milieu du cantonnement, à la recherche de son fils. Colin est là, debout contre un arbre, contemplant en silence le spectacle de désolation, mais se réjouissant du bonheur fragile de ceux qui s'alcoolisent. La présence de Marguerite le sort de sa bulle. Il va à sa rencontre, impressionné par l'audace de cette femme.

— Bonsoir, Marguerite… L'attaque de l'autre jour, les combats d'aujourd'hui… Quand vous êtes dans les parages, il ne m'arrive rien. Vous êtes comme un ange gardien… Surtout ne vous éloignez pas trop de moi !

Marguerite, touchée en plein cœur, pense très fort : « Si tu savais mon ange à quel point je suis reliée à toi... »

C'est comme si Colin l'avait entendue. Il la dévisage longuement, tentant de percer le mystère de cette proximité évidente entre eux. Des coups de feu provenant de la forêt retentissent, la zone n'est pas entièrement sécurisée, l'ennemi est encore proche.

— Marguerite, vous devez quitter les lieux au plus vite, je ne souhaite pas qu'il vous arrive malheur.

Elle n'a aucune envie de le laisser, il est en vie, mais demain ? D'autres combats intenses et meurtriers s'abattront sur cette terre dévastée.

*

* *

La nuit est tombée sur le couvent. Les blessés sont calmes. Agnès a fait un dernier tour, remonté les draps, couvert des corps endormis et adressé des paroles réconfortantes à ces hommes redevenus des enfants. Elle s'assoit enfin sur son lit, retire son voile. Elle se sent toujours un peu nue lorsqu'elle en est dépourvue. Quelqu'un toque doucement à la porte de sa cellule. Elle n'a pas envie de bouger, elle est si lasse après cette journée difficile. On toque à nouveau, elle ouvre. Till. Le soldat découvre la religieuse sans son voile, il la trouve splendide. Agnès sent son regard sur sa chevelure, elle est gênée mais emplie de désir. L'homme balbutie avec son accent allemand :

— Je ne veux pas que vous ayez des problèmes par ma faute...

Agnès est tétanisée, aucun son ne sort de sa bouche, son cœur bat de plus en plus vite. Elle agite ses cheveux lâchés, elle a peur mais se sent incroyablement libre. Son corps l'emporte sur son âme, elle est prise d'un immense vertige. Elle attrape la main de Till et le fait entrer dans sa cellule. Till ose une caresse sur la joue d'Agnès qui frémit. Il lui retire sa robe, dans un silence consenti. Elle se laisse faire, et, entièrement nue, elle embrasse Till surpris par sa fougue. Ils oublient tout, leurs origines, les interdits, et envoient voler la raison en éclats. Les gestes d'Agnès sont balbutiants et maladroits, Till la guide doucement vers des plaisirs dont elle n'avait jamais soupçonné l'existence.

*

* *

L'abbé Vautrin rôde dans les couloirs. Lorsqu'il passe devant la cellule d'Agnès, il perçoit des bruits sourds d'ébats. Il regarde par le trou de la serrure et jubile. Puis il continue son chemin, impassible et froid.

7

18 septembre 1914

Le soleil vient de se lever. Suzanne et Lucien sont dans la cabine de pilotage. Elle serre les dents, impuissante. Elle sent le vent encore tiède en cette fin d'été lui fouetter le visage. Elle n'a pas dit un mot depuis la rencontre de Lucien avec les Allemands. Des secousses traversent la carlingue. Les maux de tête de Lucien le reprennent violemment. Suzanne panique, hurle le prénom de l'homme qui s'est déjà évanoui. Elle saisit le manche, peine à le redresser. L'avion se met à crachoter, plonge vers la cime des arbres. Elle tire de plus belle, en vain. Elle crie pour tenter de réveiller Lucien. L'avion frôle des branchages, soudain une clairière offre un espoir, mais déjà la forêt se rapproche dangereusement. Suzanne est certaine de l'issue fatale, ce n'est plus qu'une question de minutes, de secondes même, elle crie. L'avion poursuit sa descente et percute le sol. Le choc, violent, se répercute dans tout le corps de Suzanne. Ils vont s'écraser contre la barrière des arbres. L'appareil décélère, mais pas assez, alors Suzanne ferme les yeux, résignée. Lorsqu'elle les rouvre, l'avion est immobile, à terre, les arbres sont à moins de cinq mètres, la main de Lucien sur la poignée du frein. Il a la tête appuyée contre le tableau de bord, il gémit. Elle s'extirpe douloureusement de la carlingue et s'enfuit en courant jusqu'à la route tout proche. Une voiture déboule avec à son bord deux soldats français. Suzanne n'hésite pas un seul instant, elle court vers eux, les bras levés, implorant leur aide.

— C'est un espion !

Les soldats, étonnés, sortent du véhicule, brandissant leurs armes. Deux détonations. Un cri d'effroi. Suzanne est désespérée, Lucien vient d'abattre les deux soldats français sous ses yeux. Elle se jette contre le sol et frappe le bitume de rage. Lucien, sorti de l'avion malgré sa faiblesse, fonce sur elle, l'attrape brutalement et approche son visage du sien :

— Je t'avais pourtant prévenue. Tu ne sais rien de moi, t'entends ? Rien ! Alors contente-toi de faire ce que je te dis.

Suzanne est terrifiée, Lucien est capable du pire. Elle en a été le témoin.

*
* *

Agnès a péché. Agnès doit être punie. La religieuse se le répète en boucle depuis l'aube. Par sa faiblesse, sa chair est désormais souillée. Elle se met à genoux, se saisit du martinet pour frapper son dos nu. Sans relâche.

— Je vous le confesse, Dieu tout-puissant, je reconnais que j'ai péché en pensées, en paroles, par action et par omission.

Elle frappe, les lanières de cuir pénètrent sa peau déjà lacérée. La douleur la saisit et la purifie en même temps. Elle éprouve presque une forme de jouissance à se flageller. Elle pense à saint Paul, à l'Épître aux Romains : « Si vous vivez selon la chair, vous mourrez. Mais si par l'Esprit vous faites mourir les œuvres du corps, vous vivrez. » Elle frappe encore et cite maintenant l'Épître aux Colossiens : « Mortifiez donc vos membres terrestres. »

Puis des flashs de la nuit dans les bras de Till la submergent. La bouche de l'homme sur son ventre nu, la tête de l'homme fouillant entre ses jambes, les yeux de l'homme la transperçant pendant l'amour. Leurs nudités imbriquées, l'union de leurs désirs les plus inavouables, les humeurs de leurs corps jouissants. Le plaisir la traverse encore, alors elle frappe pour le chasser par la douleur ; chasser les pensées impures, chasser le corps impur. Ne pas se détourner de Dieu, communier avec le Christ dans la douleur. Ne se consacrer qu'à Dieu, n'aimer que le Christ.

— Je supplie la Vierge Marie, les anges et tous les saints de prier pour moi le Seigneur notre Dieu.

Les laudes emplissent peu à peu tout le couvent. Agnès doit s'y rendre, elle enfile sa robe sur son dos meurtri, ajuste son voile, se hâte dans le couloir. Ses blessures la font souffrir à chaque pas. Elle accélère lorsqu'elle passe devant la salle des obusités. L'office a commencé, elle est en retard, cela ne lui est jamais arrivé. Lorsqu'elle entre dans la chapelle, tous les regards convergent sur elle, ravivant sa douleur. Celui de l'abbé Vautrin s'attarde. Le prêtre cherche dans les yeux de la religieuse de la culpabilité. Elle détourne le regard, honteuse et perdue. Elle a l'impression que Vautrin sait, qu'il a accès à ses pensées. Comme s'il avait été dans la cellule pour témoigner de ses ébats avec Till. Elle se met à chanter les yeux levés sur la croix qui surplombe l'assemblée. Seul le Christ compte, elle s'en remet à lui, entièrement. Lui seul pourra la sauver.

8

Yvonne ne comprend pas Marcel. Son frère ne veut pas admettre que Marguerite est un poids pour leurs affaires. Elle n'a pas travaillé la nuit dernière, alors que désormais le bordel ne tourne plus qu'avec neuf filles. Elle finit de compter les jetons récoltés dans le « panier à passes ». Il n'y en a que 150, c'est deux fois moins que d'habitude. Pourtant, il continue de minimiser les problèmes, et quand il s'agit de Marguerite, il prend systématiquement sa défense. Yvonne ne lâche rien, elle ne supporte pas le traitement de faveur qu'il lui a accordé. Avec les autres filles, il ne passe rien, alors que Marguerite agit comme bon lui semble, et désormais elle n'assure même plus niveau boulot.

— Elle utilise les lieux comme un hôtel, elle rentre, elle sort, elle bosse de moins en moins, elle me regarde de haut. Ça suffit pas de lui parler, il faut que tu te fasses respecter, Marcel !

Marcel acquiesce puis redresse la tête. Marguerite apparaît en haut des escaliers. Il la trouve magnifique dans sa tenue d'ambulancière, c'est la première fois qu'il la voit sans apprêts, ni fard ni maquillage, la féminité pure. Marcel est subjugué, il ravale son désir, et renoue avec son ton sec de patron :

— T'étais où la nuit dernière ?

Elle est lasse, encore marquée par les événements de la veille, elle se sent tellement en décalage avec la réalité du bordel. Elle soupire et s'approche de Marcel qui a du mal à contenir son trouble.

— J'étais sur le front, Marcel. Avec les ambulancières, on a ramené des centaines de blessés...

C'en est trop pour Yvonne, elle voit déjà mollir son frère, elle se dresse derrière son comptoir et gueule :

— Tu crois que tu peux bosser quand ça te chante ?

Les deux femmes s'affrontent. Marguerite voudrait la traîner sur le champ de bataille pour la dessiller.

— Tu y étais toi, là-bas ? T'aurais voulu quoi, Yvonne ? Que je me dépêche de rentrer pour écarter les jambes jusqu'à l'aube et que je les laisse crever ?

— C'est ton problème, moi j'en ai rien à foutre de ta vie d'ambulancière, chacun sa guerre...

Marcel fait taire sa sœur, elle va trop loin. Yvonne se sent ridiculisée. Elle aimerait que cette femme ne soit jamais entrée dans leur bordel, qu'elle ne soit jamais entrée dans leur vie. Elle déséquilibre leur quotidien.

Marguerite prend congé, elle est attendue à l'état-major. Elle devance les questions d'Yvonne en expliquant qu'elle ignore pourquoi Duvernet la convoque. Elle laisse le couple formé par Marcel et sa sœur mariner dans leurs rancœurs et leurs jalousies. À force, ces deux-là finiront par se bouffer. Elle est sur le pas de la porte lorsqu'elle entend Marcel envoyer paître sa sœur.

— Fous-moi la paix, Yvonne !

Marguerite perçoit toute l'exaspération de Marcel dans sa voix. Elle sourit intérieurement. Yvonne est choquée, son frère l'a toujours respectée. Depuis l'enfance, il ne s'est jamais opposé à elle, l'écoutant comme une mère, ne lui tenant jamais tête. Même quand il n'est pas d'accord il s'écrase, car c'est elle la vraie patronne. Pourtant, Marcel se sent soulagé d'avoir remis sa sœur à sa place. Il n'en peut plus qu'elle le couve, il ne supporte plus ses phrases insidieuses, ses allusions à sa seule et unique grande histoire d'amour, il y a plus de dix ans. À l'époque, il avait choisi sa sœur. Il était peut-être beaucoup trop jeune pour ça, la passion qui retourne, il n'était pas assez mûr, pas assez solide sous sa carapace de voyou pour encaisser ça. Emma était pourtant tout pour lui, pleine de vie, toujours enjouée malgré l'adolescence meurtrie et les passes qui souvent l'éreintaient. Marcel aurait voulu la sortir de là, l'épouser, faire d'elle la patronne de l'hôtel. Yvonne avait senti le danger : Emma faisait tourner la tête de son frère, elle allait prendre sa place. Alors elle avait chassé Emma, elle lui avait même trouvé une bonne place dans une maison close à Nancy. Marcel l'avait appris bien après son départ brutal en découvrant dans un tiroir d'Yvonne une lettre de la jeune fille dans laquelle elle lui reprochait d'être totalement soumis à sa sœur et d'avoir peur de ses propres sentiments. Il n'était pas à la hauteur de ses attentes. Elle lui confiait avoir besoin d'un homme qui lui dise « je t'aime », qui la défende en public quand quelqu'un la rabaisse, un homme qui la protège. Elle n'avait pas senti ça chez lui. Pourtant, Marcel l'aimait profondément, et il lui aurait tout donné. Yvonne s'en était mêlée, elle disait que c'était pour son bien à lui, oui elle savait qu'il avait mal depuis le départ d'Emma, mais il l'avait elle, sa sœur, et elle ne le trahirait jamais, alors que les jeunes filles étaient légères et volatiles, et que s'enticher d'une fille de joie, ça ne menait de toute façon nulle part.

Cette fois, Marcel ne laissera pas Yvonne lui gâcher la vie. Il ne sait pas vraiment ce qu'il éprouve pour Marguerite, il y a du désir, c'est certain, et peut-être plus encore. Mais il sait bien que conquérir cette femme est quasiment impossible. Marguerite a quelque chose d'aristocratique, pas seulement par son patronyme. Cette femme lui donne la force d'affronter sa sœur, et même de s'en affranchir.

9

Elle n'y arrive pas. Caroline serre contre sa poitrine la lettre destinée à son défunt mari. Elle pensait que la missive serait la première d'une longue correspondance. Elle prévoyait de lui écrire une fois par semaine, pour lui raconter l'usine, les ambulances, Madeleine, la vie au village. Caroline a passé la nuit à pleurer en silence. À repenser au visage de Victor qu'elle ne verra plus jamais, à ce corps contre lequel elle ne s'endormira plus. À cette voix douce et rassurante qui la calmait lorsqu'elle avait des angoisses nocturnes. À ce deuxième enfant qu'ils ne feront pas ensemble. À Madeleine qui va atrocement souffrir. Comment dire la mort d'un parent à son jeune enfant ? Comment trouver les mots ? Caroline culpabilise d'avoir promis à sa fille que son père reviendrait vivant. La petite va lui en vouloir, mais ce n'est pas le pire. Le pire, ce sera le manque, grandir sans père, grandir sans ce repère qui protège, qui guide, qui équilibre. Caroline pourra-t-elle tout assumer ? Elle ne sait pas si elle trouvera la force. Elle entend sa fille qui joue dans le jardin. Les rires d'enfants en temps de guerre sont des pansements sur le cœur. Caroline est muette depuis l'annonce de la mort de son mari. Elle ne s'est pas présentée au petit déjeuner, sa parole est empêchée par une vérité trop cruelle à délivrer. Sa responsabilité est énorme, le poids bien trop lourd, elle doit annoncer à une petite fille le décès de son père, et à une mère le décès de son fils. Que ferait Marguerite dans pareilles circonstances ? Elle affronterait la réalité en face. Caroline a toujours fui devant les difficultés. Marguerite, elle, ne se dérobait jamais dans l'adversité. Caroline passe son corsage blanc et sa jupe prune en soie, celle que Victor préférait. Elle se doit de demeurer belle et digne en son honneur, elle n'a pas le droit de se laisser aller. Elle descend dans le jardin où Madeleine est accroupie devant une bassine pleine d'eau. Elle joue avec des têtards sous la surveillance de sa grand-mère très souriante ce matin. C'est la première fois que Caroline voit sa belle-mère si avenante. Caroline prend son courage à deux mains, et s'apprête à lui dire pour Victor, quand Éléonore la prend de court, évoquant la violence dont Charles a fait preuve depuis l'enfance.

— Déjà, enfant, ses crises de colère étaient terribles, c'était un enfant difficile... tyrannique même. Vous n'imaginez même pas ce par quoi nous sommes passés, son père et moi...

Éléonore s'interrompt, elle ne peut s'empêcher de repasser les images qui la hantent encore, Charles se roulant par terre, balançant des coups de pied en l'air, Charles griffant son frère, Charles défiant son père, Charles frappant sa mère. Elle a honte, son petit garçon lui collait des coups de poing dans les côtes. Elle n'osait rien dire à son mari, démunie face à la rage de cet enfant qu'elle ne comprenait pas. Il avait pourtant tout pour être heureux, une grande maison, des jouets, des parents présents, un frère avec qui jouer et se confier. Non, rien n'y faisait et, à l'école, il était colérique et insolent. Toujours à préférer les petits durs et les cancres aux élèves sages et appliqués. Ainsi, elle ne supportait pas de le voir traîner avec Marcel. Pas étonnant que ce dernier soit devenu un petit voyou, puis patron du bordel.

Caroline comprend à quel point cette femme est démunie face à son propre fils, pire encore, elle est unie à son fils par la peur. Elle renonce à lui révéler la mort de Victor, son fils chéri. Elle renonce à lui asséner le coup de grâce. Caroline n'y arrive pas. Sa parole est bloquée.

Le téléphone sonne. Germaine descend.

— Madame Caroline, le général Duvernet souhaite vous voir séance tenante.

Elle avait prévu de passer la matinée auprès de Madeleine. Depuis le départ de Victor, elle a l'impression de délaisser son rôle de mère. La guerre ne lui laisse donc aucun répit.

— Allez-y, Caroline, je vais veiller sur Madeleine. Une fois de plus...

Caroline a du mal à saisir les intentions de sa belle-mère. Elle s'occupe de sa petite-fille de bon cœur, mais ne peut s'empêcher de glisser une pointe de reproche dans ses paroles. Leur relation s'apaise, pourtant rien n'est gagné.

Madeleine saisit une brindille, la plonge dans la bassine, et fait tourner les têtards autour. Elle s'émerveille.

— Maman, Jean qui a été les pêcher dans la rivière me dit qu'après ils deviendront des grenouilles ! Moi aussi, quand je grandirai je serai une grenouille, une grande grenouille comme toi !

— Viens par ici, ma petite grenouille...

Caroline serre sa fille contre elle, enfouit son visage dans ses boucles blondes.

— Ma grenouille va encore être très sage avec mamie, d'accord ? Je reviens tout à l'heure.

Même si le général veut la voir le plus vite possible, Caroline préfère aller à Saint-Paulin à pied. Marcher lui permettra de rassembler ses esprits. Sur le chemin, elle a l'impression d'entendre la voix de Victor qui lui souffle : « Il faut leur dire, ma chérie, je suis mort mais ce n'est pas grave, il faut leur dire. »

*

* *

La salle d'opération ne désemplit pas. Joseph enchaîne les interventions, il s'est octroyé seulement une heure de pause nocturne. Il retire la balle de l'épaule d'un blessé, satisfait d'avoir sauvé un homme de plus. Mais l'absence de Suzanne a eu des conséquences. Les novices ne sont pas assez rapides dans leurs soins et pas question pour elles de l'épauler en chirurgie. Il a pourtant montré des dizaines de fois à la jeune Clarence comment extraire une balle fichée dans un muscle ou un membre non vital. La religieuse craint d'aller chercher la balle et tourne de l'œil chaque fois. Suzanne arrive enfin, enfile sa blouse à la hâte, attache ses cheveux ébouriffés et rassemble ses forces et ses esprits après l'horrible nuit qu'elle vient de passer. Joseph ne prend pas le temps de la saluer, la regardant à peine, juste le temps de la trouver belle et désirable, prépare la table pour le prochain blessé, puis il finit par être cassant envers elle et balaie ses balbutiements d'excuse d'un revers de phrase :

— Vous savez combien de cas graves sont arrivés cette nuit ?

À cela, elle ne peut rien rétorquer.

— Vous disparaissez quand j'ai le plus besoin de vous !

Suzanne perçoit dans cette remontrance une rancœur qui dépasse le domaine professionnel.

— Pas la peine de m'aider ce matin, mon père vous attend à l'état-major. Ne me demandez pas pourquoi, je n'en ai pas la moindre idée.

10

Suzanne est assise aux côtés de Marguerite devant le bureau de Duvernet. Silencieuses, elles regardent leurs pieds comme des adolescentes convoquées par la directrice d'un pensionnat. Suzanne craint que le général n'ait fini par la démasquer, ou bien qu'il n'ait eu vent des activités de son mari fictif. Dans les deux cas, elle risque la prison. Elle se dit qu'elle aura eu une semaine de sursis, que normalement elle aurait dû être arrêtée depuis plusieurs jours, qu'elle a eu de la chance. Elle aura même pu vibrer avec Joseph, de courts instants mais tellement puissants. Elle s'est sentie utile et belle, admirée par un homme, un homme difficile, un homme avec du caractère mais des failles aussi. Elle aura au moins vécu cela, elle doit s'en satisfaire, pleinement. Marguerite, quant à elle, est certaine qu'un soldat a signalé sa présence sur le cantonnement à plusieurs reprises, à moins qu'Yvonne ne soit allée raconter qu'elle est une espionne, ou n'importe quoi d'autre pour la faire dégager du bordel. Elle en a connu des maquerelles revêches, mais aucune ne l'a surveillée comme Yvonne s'acharne à le faire. Elle a essuyé la jalousie des femmes, évidemment, mais ses patronnes l'ont toujours respectée, parce qu'elle a un rendement impressionnant et que son pouvoir d'attraction sur les hommes est immédiat. Caroline entre dans la pièce, essoufflée, des larmes plein les yeux, le cœur empli de douleur. Elle hoche la tête pour saluer les deux autres femmes. Elle lit dans leurs yeux la même interrogation quant à leur convocation par Duvernet. Elle est quasi certaine qu'il ne va pas renouveler l'expérience des ambulancières, qu'avec la mort de Victor l'entreprise va s'écrouler, qu'elle va devoir admettre la victoire de Charles. Et ça, elle n'arrivera pas à l'accepter, elle a trop goûté à l'indépendance. Elle sait qu'elle a les capacités d'être une vraie patronne tout en demeurant une bonne mère. Les trois femmes sont surprises de voir la mère supérieure arriver, avec quelque chose d'étrange dans le regard, une lueur d'exaltation pourtant teintée de désespoir, quelque chose qui la rend plus femme, plus humaine. Plus belle. Toutes les quatre s'impatientent. Elles perçoivent des voix masculines dans le bureau du général. L'ordonnance de Duvernet finit par les annoncer. Elles entrent et prennent place.

— Le président de la République Raymond Poincaré est à la recherche de signaux forts pour remonter le moral de la nation... Je l'ai informé de votre initiative avec les ambulances. Il est impressionné et pense que cela pourrait susciter des vocations chez d'autres femmes... C'est pourquoi il a décidé de vous remettre une décoration, au titre de services rendus à la patrie.

Les quatre femmes échangent des regards dubitatifs. Le président va se rendre le lendemain à Saint-Paulin pour les décorer. La scène sera immortalisée dans la presse. Elles se décomposent.

Suzanne surtout, qui panique à l'idée d'être reconnue. Elle tente de minimiser son action, arguant qu'elle ne fait que son métier d'infirmière et que ce sont les ambulancières qui devraient recevoir ces honneurs. Le général loue son humilité, elle œuvre auprès du médecin-chef, elle est même précieuse du fait de ses connaissances en chirurgie, et de sa réactivité. Suzanne est flattée intérieurement, pensant que ces louanges ont été confiées par Joseph à son père. Agnès s'étonne également.

— Ma Mère, vous êtes au front tous les jours, vous faites partie de la deuxième ligne, celle des soignants, et vous apportez, vous et vos sœurs, un grand réconfort aux blessés, vous êtes leurs « anges blancs ». C'est un grand honneur que le président vous fait à toutes les quatre, vous savez…

Marguerite saisit l'occasion pour faire son numéro de séduction auprès du militaire qu'elle sait sensible à ses charmes.

— C'est un grand honneur en effet, surtout pour une femme comme moi…

— Pour moi, vous êtes ambulancière…

Elle défait une mèche de son chignon, l'enroule autour de son doigt et joue avec, sensuellement.

— Permettez-moi de profiter de cette belle occasion, mon général, pour vous demander s'il était possible de trouver un logement aux ambulancières. Vous savez que depuis l'inspection sanitaire elles n'ont plus de toit.

Duvernet est ennuyé, il ne s'attendait pas à cette requête, pourtant légitime. Il assure qu'il cherchera une solution. Ces femmes sont vraiment précieuses, il ne faut pas les braquer, et puis c'est bon pour l'image de Saint-Paulin, autant que pour le moral des troupes. Il les laisse prendre congé, mais retient Caroline.

— Merci infiniment, Madame Dewitt, de vous montrer disponible, et j'espère que malgré les circonstances vous allez honorer l'invitation du président...

Marguerite perçoit la fin de la phrase avant de quitter le bureau et interroge Caroline du regard. Cette dernière est profondément émue.

— Je serai là évidemment.

Caroline sort des bureaux de l'état-major. Des images de la place du village d'avant-guerre lui reviennent en mémoire, les étals du marché où elle allait main dans la main avec Victor et Madeleine avant le déjeuner chez les Dewitt. Victor lui a appris à choisir les fromages, à les humer, les tâter, les goûter, même les plus coulants et odorants. Souvent, il lui achetait des fleurs, un bouquet pour Éléonore, un bouquet pour elle, et des brins de fleurs des champs pour orner les cheveux de Madeleine. Victor était un homme si généreux, Caroline n'a jamais manqué de rien à ses côtés. Cette décoration, elle va l'accepter pour lui, en son honneur, ce sera sa médaille à lui, à eux, à leur histoire. Marguerite est au milieu de la place. Elle l'attend. Caroline sait qu'elle a compris, elle ne peut rien lui cacher, Marguerite lit en elle. Elle ne peut plus contenir sa tristesse, elle fond en larmes. Marguerite n'ose pas la prendre dans ses bras, pourtant elle en rêve, sentir à nouveau ce corps contre sa poitrine, ce parfum délicat de rose, plonger sa bouche dans son épaisse chevelure lisse et brune. Caroline bredouille : « Victor... » Marguerite sait, Caroline s'effondre. Marguerite la prend dans ses bras, enfin. Caroline lui confie ne rien avoir dit à personne, ne pas en avoir eu le courage, que l'héritier, c'est Charles, que l'usine lui revient, que légalement elle n'est rien.

— Les ambulances, c'est toi ! Regarde, demain Poincaré va te décorer. L'usine c'est toi, les ouvrières te font confiance, Charles ne vaut rien.

— Oui, mais il est dangereux, je le sens Marguerite, même sa propre mère a peur de lui ! Et tu sais que les sales types, je sais les flairer. On en a suffisamment croisé dans notre vie... Tu as raison, Marguerite, je ne peux pas le laisser gagner. Victor s'est battu toute sa vie pour cette usine, on ne peut pas tout sacrifier.

Caroline redevient combative. Elle ne va pas se laisser faire, elle va attendre la remise de la médaille, les photos dans la presse. Après cela, ni les Dewitt ni personne ne pourront l'écarter de l'usine. Elle va taire la mort de Victor une journée de plus. Elle va le faire pour Victor, et surtout pour Madeleine, pour son avenir. Elle prie Marguerite de garder le secret. Elle peut lui faire confiance. Même si elle l'a abandonnée pendant des années, elle sait qu'elle peut compter sur elle, elle pourra toujours compter sur elle. Le destin a voulu que les deux femmes se retrouvent, c'est un signe.

*
* *

En rentrant chez elle, Caroline trouve Nathalie, la femme d'un ouvrier, assise au salon, devant une tasse de thé. Germaine la console, Éléonore semble attristée. Caroline comprend immédiatement que son mari est mort au front. Elle aimerait partager sa douleur avec elle, mais elle ne peut pas. Nathalie devient veuve à trente-cinq ans à peine, avec trois enfants en bas âge. Le gâchis de la guerre. Éléonore a du mal à masquer son inquiétude. Pourquoi Duvernet a-t-il convoqué Caroline, si ce n'est pour lui annoncer une douloureuse nouvelle ? Caroline perçoit ces interrogations légitimes dans l'attitude soudainement fragile de Madame Dewitt. Elle la rassure : le général leur passe une commande de dix ambulances et surtout le président de la République va lui remettre une décoration. Éléonore exulte :

— Enfin une vraie bonne nouvelle ! Charles, tu entends ça ?

Charles, qui descend les escaliers, a perçu des bribes de la conversation. Caroline va être dans la lumière, Caroline lui vole la vedette, Caroline lui vole l'usine, Caroline lui vole sa vie. Ne pas reprendre l'usine signifie pour lui la mobilisation. Personne ne l'attend à Paris. Renvoyé pour incompétence, sa place au ministère est occupée par un autre.

— C'est une bonne nouvelle pour toi, Charles. Le nom de Dewitt est redoré, tu vas pouvoir retourner au ministère avec les honneurs.

— On dirait que tu es pressé que je parte et en plus tu laisses une femme gérer les affaires de papa, il doit se retourner dans sa tombe…

Éléonore explose. Elle fait des efforts depuis plusieurs jours avec Charles, mais il ne va pas la terroriser plus longtemps. Il faut que cela cesse. Convoquer son défunt époux pour dénigrer Caroline est un coup bas. Son mari considérait que les femmes devaient être des maîtresses de maison, il est vrai, mais c'était un autre temps, et il n'aurait jamais remis en question l'esprit d'initiative de Caroline, qualité qu'il louait autant chez les hommes que chez les femmes.

— Ton père aurait été fier que son usine aide à transporter les blessés plutôt que de fabriquer des munitions à la chaîne ! Et c'est à Caroline que l'on doit tout ça ! Oui, tu devrais rentrer à Paris, ici on a déjà assez de soucis comme ça… Laisse-nous…

Charles adresse un regard haineux à Caroline, et serre les poings pour contenir sa violence. À cet instant, il déteste toutes les femmes du monde.

11

Suzanne aide Joseph à faire un bandage à un blessé. Quand soudain leurs mains se frôlent, elle sent comme un électrochoc au contact de sa peau. L'attirance entre eux s'est muée en tension, le désir frustré en hostilité de la part de Joseph. Puis le silence s'insinue entre eux. Un silence pesant, ponctué de regards échangés, impossibles à réprimer. Lucien entre dans la salle, il fonce droit vers Joseph, exige d'être remobilisé, avant de prendre appui contre le mur, à la limite d'un nouveau malaise. Joseph est ferme, le pilote n'est pas en état, et ne le sera certainement plus jamais. Lucien peste. Ce médecin se met en travers de son chemin, il n'avait pas prévu ça. Joseph soupire et laisse « le couple » seul. Lucien entraîne Suzanne dans une cour intérieure, s'assure que personne ne peut les entendre.

— Je t'ai vue sortir de l'état-major, tu ne m'as pas balancé n'est-ce pas ? Maintenant, tu sais que je suis prêt à tout !

— Non, le général m'a convoquée avec d'autres femmes, ça concerne les ambulances. Poincaré vient demain pour nous remettre une décoration... Mais moi je n'irai pas, c'est trop risqué.

— Si, tu vas y aller. À mon avis, Poincaré ne vient pas que pour ça. On va même y aller tous les deux, je suis l'époux d'une héroïne de guerre, après tout !

Suzanne n'en peut plus de cette mascarade, tout est allé trop loin, Lucien la dégoûte autant qu'il l'effraie. Elle hausse la voix.

— Ça suffit ! Je n'irai pas, c'est trop dangereux, il y aura plein de journalistes, on va me démasquer. Vous ne pouvez pas me forcer, vous allez faire quoi ? Me tuer ? Me dénoncer ? Si vous me dénoncez, je vous dénonce, vous le savez bien, vous n'êtes qu'un pitoyable espion, un sale traître !

Sa tête le lance de nouveau, une douleur vive emplit tout son cerveau. Il a l'impression que son crâne va exploser. Sa vision se trouble. Suzanne anticipe le malaise et le raccompagne dans leur cellule afin qu'il se repose. L'homme s'allonge, ferme les yeux. Suzanne demeure quelques instants assise sur son lit. Elle réfléchit à comment elle va réussir à participer à cette cérémonie de décoration sans être prise en photo. Elle se mettra en retrait, derrière les trois autres, ou mieux, elle pourra se cacher le visage derrière le voile de mère Agnès. Elle appréhende grandement ce moment. Il va lui falloir redoubler de prudence.

12

Ils sont bien tous les deux, dans cette complicité naissante. Ils en oublieraient presque la dure réalité autour, le contexte dramatique qui les a rapprochés. La guerre. Marguerite partage un modeste dîner avec Colin. Ils sont installés un peu à l'écart des autres, se délectent de pain et de fromage, arrosés d'un verre de vin rouge. La simplicité du moment les enveloppe. Marguerite savoure chaque instant. Partager un repas avec son fils, c'est inespéré, elle n'aurait jamais pensé pouvoir le vivre un jour. Elle dévisage Colin, détaille ses traits, doux et décidés à la fois. Son regard est bienveillant, elle peut y lire une belle humanité. Le jeune homme semble troublé. Il se sent bien avec Marguerite, il a l'impression de déjà la connaître, tout est facile et naturel avec elle. Elle l'intimide un peu également par sa grande beauté, sa voix chaude et enveloppante, son tempérament de feu. Il ose tout de même lui poser les questions qui le taraudent : pourquoi une femme comme elle se prostitue-t-elle ? Marguerite estime que ce serait une trop longue histoire et qu'elle n'est pas certaine que cela puisse passionner quelqu'un, surtout un jeune soldat brillant et cultivé comme lui. Elle craint de se dévoiler, elle a peur de lui asséner la vérité, qu'elle a été chassée de chez elle parce qu'elle était enceinte. Et fille mère, elle s'est retrouvée à la rue avec un bébé, jeune et sans ressources. Marguerite n'en a pas la force, elle craint que Colin ne la juge et ne se détourne d'elle.

Un cri perçant retentit dans tout le cantonnement. Un soldat arrive en courant vers Colin, implorant de l'aide. Colin et Marguerite le suivent jusqu'à un attroupement, au milieu duquel un jeune homme se débat, traversé par des convulsions. Marguerite comprend tout de suite que le gamin est en train de faire une overdose. Son corps se tord dans tous les sens, se tend une dernière fois, se tétanise, puis s'immobilise. Colin prend son pouls. Le gamin vient de mourir. Les autres soldats baissent les yeux, mal à l'aise. De la drogue circule sur le cantonnement, tout le monde le sait et beaucoup en consomment.

Colin est choqué. Il interroge les soldats attroupés sur la provenance de la drogue, mais ils gardent le nez sur leurs chaussures. Personne n'ose parler. C'est un sujet tabou, chacun se cache pour se droguer, tous ou presque ont déjà essayé la cocaïne, mais personne ne connaît les effets de l'héroïne. Ils sont loin d'imaginer les dommages qu'elle provoque.

Colin est démuni. Lui évite tous les excès malgré la dureté des combats. Il se contente d'un verre de vin à chaque repas, alors la drogue il n'y songe même pas. Il déteste perdre le contrôle. Il est saint-cyrien, il a un rang à tenir. Il a reçu une éducation stricte et bourgeoise, et dans sa famille, ce genre de lâcher-prise et de conduite n'est pas toléré. Colin a toujours été très respectueux des règles, obéissant et travailleur. Jamais il n'a éprouvé le besoin de se rebeller. Il a un profond respect de la hiérarchie, il n'a jamais remis en cause l'autorité de ses parents, de ses instituteurs et professeurs, et encore moins de ses colonels et généraux. C'est pourquoi sa présence au bordel l'avait mis dans une position délicate, mais il ne regrette pas d'y être allé, sans quoi il n'aurait jamais rencontré Marguerite.

Marguerite laisse Colin et les jeunes soldats s'occuper du corps du drogué, car elle a promis de rejoindre les ambulancières qui passent la nuit à la lisière de la forêt. Quand elle arrive dans la clairière, les filles sont joyeuses, dansent et rient en faisant tourner une bouteille d'alcool. Elles trinquent à leur liberté, au fait de ne plus avoir de comptes à rendre à Yvonne et Marcel. Seule Juliette reste en dehors de la fête, estimant avoir tout perdu, un toit, un boulot stable, et l'amour de Marcel. Elle n'a pas pu s'empêcher de lui faire savoir où leur campement était établi. D'ailleurs, il ne tarde pas à arriver, gare sa voiture sur un chemin et approche à grands pas vers les filles terrorisées. Il n'est plus leur patron, mais elles le craignent encore. C'est Marguerite que Marcel est venu voir. Il lui demande de le suivre à l'écart. Leur conversation ne regarde pas les autres filles. Marguerite lui annonce qu'elle ne veut plus travailler pour lui, sa vie est à présent aux côtés des ambulancières.

— Marguerite, tu mérites mieux que dormir dehors avec ces pauvres filles…

— Parce que chez toi je vivais comme une reine peut-être ? Et en quoi mériterais-je d'être mieux traitée que les autres ?

— Je suis venu te proposer de bosser avec moi, mais autrement… Tu pourrais recruter des filles pour moi à Paris, je te filerais un beau pourcentage…

— Pas certaine que ça plaise à ta chère frangine, Marcel !

— Je m'en tape d'Yvonne. C'est moi le patron... Et tu serais comme une associée, tu vois l'idée ?

Marguerite s'approche du visage de Marcel pour le défier.

— Toute ma vie, Marcel, j'ai bossé pour des types comme toi, des voyous. Tous m'ont baisée avant de m'embaucher, mais pas toi. Marcel, c'est étrange, tu ne m'as même pas touchée ? Pourquoi ? Je t'impressionne ? Tu as besoin de la permission de « maman » Yvonne pour ça... Ou alors... Tu serais quand même pas tombé amoureux de moi... Hein, Marcel, c'est ça, t'as le béguin et tu flippes...

Marcel est touché en plein cœur. Marguerite est inaccessible, elle le méprise, il se sent rabaissé, blessé, abattu.

— Arrête tes conneries !

— C'est fini Marcel, je ne mettrai plus jamais les pieds dans ton fichu bordel, et pas question de faire équipe avec un sale type comme toi.

— Quoi qu'il arrive, tu n'es qu'une pute, tu l'es depuis plus de vingt ans, et tu resteras une pute, Madame Marguerite de Machin Chose !

— Mais je ne renie rien de mon passé... Et puis tu sais, Marcel, pourquoi il n'y aura jamais rien entre nous ? Parce que je préfère les femmes. J'ai toujours préféré les femmes !

13

Agnès est immobile dans son lit. Elle retient sa respiration. Elle a du mal à contenir son désir. Till est là, derrière la porte, il fait nuit et il se languit d'elle. Elle met ses mains sur ses oreilles pour étouffer cette voix qui la bouleverse et qui implore qu'elle lui ouvre.

Agnès ne bouge pas, elle doit résister à la tentation. Elle passe sa main sur les boursoufflures des coups de fouet sur son dos. Si elle succombe à nouveau à l'appel de la chair, aucune repentance ne sera possible. Jésus la rejettera, l'Église la rejettera, son existence n'aura plus aucun sens, elle se sera vautrée dans le péché.

— Agnès… Ce qu'on a fait cette nuit-là, pour moi ce n'est pas rien. Je n'arrête pas de penser à vous… Je vous aime, Agnès, je sais ce que vous traversez, mais je vous aime.

Personne n'a jamais prononcé de telles paroles à son encontre. Cet homme est fou de se dévoiler ainsi à une religieuse. Elle est envahie par l'émotion. Alors, Till lui propose l'impensable : partir avec lui, fuir la guerre et ses horreurs absurdes, démarrer quelque chose de nouveau ensemble. Quoi, il ne sait pas bien, mais il a la certitude de vouloir que ce soit avec elle.

Les pas du soldat s'éloignent. Agnès fond en larmes, accablée de douleur, tiraillée entre l'envie de courir le retrouver et les forces de la raison.

*

* *

19 septembre 1914

La religieuse marche vers le réfectoire. Elle n'a pas faim, elle a le ventre noué, elle n'a pas fermé l'œil de la nuit après le départ de Till. Affronter le regard des autres sœurs est un supplice, elle a l'impression que tout le monde sait, que sa culpabilité se lit sur son visage. Les novices l'applaudissent.

— Ma Mère, vous êtes un exemple pour tout le monde ! Et Jeanne aussi, les félicite Geneviève pour la décoration que le président de la République va leur remettre.

Les deux femmes sont mal à l'aise, pour des raisons différentes. Suzanne masque sa gêne tout en percevant celle de la religieuse. Agnès se sent indigne de ses consœurs, indigne de les guider sur le chemin de la foi, elle ne mérite pas leur confiance. Les sourires des novices l'oppressent, elle ne peut que fuir, Agnès sort du réfectoire en courant.

Suzanne la retrouve dans la chapelle, à genoux, les larmes aux yeux et la voix pleine de prières. Elle s'approche doucement pour ne pas effrayer la religieuse dévastée. Elle pressent ce dont Agnès souffre, il s'agit sûrement d'une blessure d'amour. Seule une blessure d'amour peut plonger dans un tel état de désarroi. Agnès, désemparée, désigne le Christ qui les surplombe, immense au-dessus de l'autel.

— Avant… le seul homme dans ma vie, c'était lui, et j'étais heureuse, mariée à Dieu…

— Cet amour-là, je ne le connais pas, mais l'amour pour un homme, qu'il soit allemand ou pas… Ça ne peut pas être un crime.

— Mais les plaisirs de la chair, si ! J'ai fait vœu de chasteté ! J'ai trahi la parole de Dieu, j'ai trahi l'Église ! Je ne peux rester ici…

— On a tous besoin de vous, ici, les soldats, les sœurs, les novices, vous êtes un modèle pour elles. Dieu vous pardonnera, car vous faites tellement de bonnes actions !

— Ce pardon est impossible, et puis… Je ne peux pas le voir ici tous les jours, je n'y arriverai pas. C'est intenable.

14

L'hymne national retentit sur la place du village, joué avec entrain par une fanfare. Une petite foule s'est attroupée, des femmes avec des enfants dans les jupes, des vieillards, celles et ceux qui peuplent le village depuis le début de la guerre, quelques soldats et blessés tenant encore sur leurs jambes. Le président Poincaré, vêtu de noir, se tient au milieu de la place, derrière lui les officiels, dont le général Duvernet, le maire de Saint-Paulin, un petit homme voûté, l'abbé Vautrin, l'air suffisant et triomphateur, alors qu'il n'est pour rien dans la bravoure de mère Agnès. Les saint-cyriens sont en rang, avec parmi eux Colin qui dévore Marguerite des yeux. Caroline et Marguerite se serrent l'une contre l'autre, bien droites, épaule contre épaule, savourant la proximité de leurs corps. Suzanne et Agnès, quant à elles, sont un peu en retrait. Suzanne, qui a repéré le photographe, tente de se cacher derrière la flamboyance de Marguerite, en tenue d'ambulancière. Lucien serre son bras fermement, comme s'il s'assurait qu'elle ne s'échappe pas. Les ouvrières et Éléonore sont là, fières, ainsi que Charles et son amertume qui se transforme peu à peu en haine à l'égard de sa belle-sœur, pour n'avoir d'autre choix que d'assister à sa réussite.

Tout le monde a encore en mémoire le discours de l'Union sacrée écrit par le président de la République au début de la guerre[1].

« Dans la guerre qui s'engage, la France aura pour elle le droit, dont les peuples, non plus que les individus, ne sauraient impunément méconnaître l'éternelle puissance morale. Elle sera héroïquement défendue par tous ses fils, dont rien ne brisera devant l'ennemi l'union sacrée et qui sont aujourd'hui fraternellement assemblés dans une même indignation contre l'agresseur et dans une même foi patriotique. »

Duvernet se le répète dans sa tête. La musique cesse. Poincaré prend la parole, la voix assurée et pleine de théâtralité.

— Mes chers compatriotes, l'esprit de domination est venu menacer la liberté des peuples. Depuis de longues années, notre démocratie laborieuse se plaisait aux travaux de la paix. Elle ne cherchait qu'à entretenir, avec toutes les puissances, des relations courtoises. Il faut louer le courage et le dévouement de ces femmes qui compensent l'absence des hommes et qui prennent soin, jour après jour, de nos vaillants soldats. C'est pourquoi j'ai tenu à en distinguer particulièrement

1. Dès la proclamation de l'état de siège sur l'ensemble du territoire, le 2 août 1914, le président de la République, Raymond Poincaré, convoque le Parlement en session extraordinaire pour le 4 août. Dans son message aux Chambres, lu par le président du Conseil, René Viviani, Poincaré introduit le terme d'« Union sacrée », traduisant la nécessaire solidarité face à l'ennemi, qui va guider la politique des groupes parlementaires jusqu'à l'été 1917.

quatre, quatre combattantes dont je tiens à louer le dévouement et le courage. J'appelle à mes côtés Madame Caroline Dewitt, directrice de la nouvelle usine d'ambulances de Saint-Paulin, la mère supérieure Agnès, qui dirige le couvent devenu hôpital militaire qui soigne nos blessés, Madame Marguerite de Lancastel, ambulancière, et Madame Jeanne Charrier, infirmière. Mesdames, c'est un honneur pour moi de vous remettre ces médailles au nom de la République française.

Une fois les jeunes femmes décorées, le président prend la pause auprès d'elles, le photographe se place derrière sa chambre, Suzanne ne peut pas y échapper. Elle baisse le visage autant que possible. Le moment est immortalisé.

Caroline et Marguerite ne peuvent s'empêcher d'échanger des regards, leur façon à elles de rendre bien réel cet instant incroyable. Les deux petites prostituées du faubourg Montmartre aujourd'hui acclamées héroïnes, photographiées avec le président de la République. C'est inespéré. Elles sont fières de vivre ce moment ensemble. Marguerite se tourne vers Colin à la tête des saint-cyriens. Elle lit de l'admiration et quelque chose comme de la tendresse dans les yeux du jeune soldat qui s'avance vers elle. Elle lui confie qu'elle a démissionné du bordel, que pour le moment elle va se consacrer pleinement à sa mission d'ambulancière, et qu'après la guerre elle trouvera un travail. Désormais, elle sait se rendre utile, elle y a pris goût.

Colin s'approche plus près encore, quelque chose a changé dans son regard qui se fait de plus en plus intense. Marguerite est gênée. Il lui prend la main, émet des soupirs, tente de lui avouer quelque chose.

Marguerite comprend l'impensable, son propre fils tente de la séduire. Elle a un geste de recul.

— Colin...

— Je sais ce que vous pensez, Marguerite... Qu'on n'a rien à faire ensemble, que nous ne sommes pas du même monde, que je suis trop jeune pour vous...

— Non, non... Ce n'est pas ça...

— Marguerite, je...

Colin s'interrompt et ose déposer un tendre baiser sur les lèvres de Marguerite.

Elle le repousse. Colin ne veut pas la laisser, il la saisit par le bras.

— Colin, vous vous trompez sur moi... Vous devriez partir.

Il est totalement démuni, ne comprend pas pourquoi Marguerite le rejette aussi sèchement après avoir été si présente et naturellement proche de lui.

— Mais enfin, expliquez-moi !

Elle se met à crier, ignorant la foule autour d'eux.

— Vous ne comprenez donc pas ? Partez, je vous dis !

Elle traverse la place en courant, laissant Colin abasourdi et vexé. Caroline a observé la scène, elle se rend auprès de son amie de toujours, sentant qu'elle est en détresse. Le visage rougi par les pleurs, Marguerite, de coutume si forte, ressemble à une petite fille perdue, elle fond en larmes dans les bras réconfortants de Caroline.

— Caroline, tu te rends compte, mon fils est tombé amoureux de moi, c'est dramatique !

— Il faut que tu lui dises la vérité, Marguerite, il faut qu'il sache maintenant, ça va trop loin.

— Non, il vaut mieux qu'il ne sache jamais qui je suis... Jamais ! Il finira bien par s'enticher d'une fille de son âge, et il m'oubliera...

Caroline l'enlace plus tendrement, mais Marguerite ne supporte plus le contact physique de la femme qu'elle a tant aimée. Son parfum de rose qui l'enivrait par le passé l'insupporte.

— Fous-moi la paix, retourne à ta vie bourgeoise, dans ta belle maison… Tu en rêvais tant et puis maintenant t'as même plus besoin de baiser avec ton mari…

Caroline gifle Marguerite pour la faire taire. Soufflée, elle la défie du regard.

— Sache que je ne me suis jamais forcée à faire l'amour avec Victor parce que je l'ai toujours aimé, mais ça, tu ne peux pas comprendre !

15

Dans le couloir menant à leur cellule, Lucien colle une énorme gifle à Suzanne. Elle accuse le coup. Elle a tout fait pour éloigner Lucien de Poincaré. Son faux mari a tenté de profiter de la cérémonie pour soutirer des informations au président, prétextant un désir de servir à nouveau la France. Suzanne a alors feint un malaise pour détourner l'attention. Lucien a donc été contraint de la raccompagner en « bon époux ». Il est furieux que, si près du but, elle lui ait mis des bâtons dans les roues. Malgré la violence de son geste, elle ne se démonte pas.

— Vous pouvez me frapper autant que vous voulez, je ne serai jamais complice d'une trahison !

Intrigué par l'hostilité palpable entre Suzanne et Lucien, Joseph a suivi le couple après la cérémonie. Il interrompt leur altercation et remarque la plaie au bord de la lèvre de Suzanne. Elle est toute pâle. Il insiste pour l'examiner, elle le repousse pour ne pas l'impliquer dans son mensonge et le protéger également de la violence de Lucien. Joseph est perplexe, quelque chose cloche dans ce couple. Il sent que Suzanne lui cache des choses, qu'elle craint Lucien. Il se promet de veiller sur elle.

*
* *

Caroline rentre du village au volant de sa voiture, encore bouleversée par l'attitude de Marguerite et profondément blessée. Elle ne peut s'empêcher de l'aimer. Même si ce n'est plus la passion des années parisiennes, elle lui est attachée, Marguerite lui est liée pour la vie. Mais si Marguerite ne souhaite pas être aidée, elle ne peut rien pour elle. Caroline a déjà suffisamment de problèmes à gérer, elle doit annoncer le décès de Victor à ses proches et il est grand temps de le faire. Une voiture la suit, se rapproche de son véhicule. Elle regarde dans le rétroviseur, il s'agit de Charles. Soudain, il déboîte, roule au même niveau qu'elle. Il la fixe, elle lit de la haine dans son regard. Il s'attarde sur elle, cherche à l'intimider. Enfin, il accélère et la dépasse. Caroline se dit que cet homme est un fou dangereux. Auparavant, elle ne se sentait pas la bienvenue chez les Dewitt, maintenant, elle ne se sentira plus en sécurité tant que Charles sera là. Elle se gare dans l'allée du domaine, le jour décline. Elle voit la silhouette d'Éléonore derrière la baie du salon. L'angoisse la saisit, il faut qu'elle soit courageuse, qu'elle avoue. Caroline entre dans le salon, sa belle-mère a le visage fermé.

— Le maire m'a présenté ses condoléances après la cérémonie… Comment avez-vous pu me cacher cela ? Je commençais à vous faire confiance…

— Je suis désolée, sanglote Caroline, j'ai voulu sauver ce que Victor a construit... pour vous... pour lui... pour Madeleine aussi.

— Il est mort, et vous, vous avez l'indécence de vous faire décorer et de rayonner en public ! Vous êtes un monstre !

Madeleine surgit dans la pièce à ce moment-là, surprenant les deux femmes accablées par le chagrin.

— Mais qui est mort ?

Éléonore fonce vers la fillette, la prend dans ses bras pour la réconforter, l'entraînant hors de la pièce et volant ce moment à Caroline, une façon claire de la punir et de l'éloigner de sa petite fille. Madeleine lance un regard d'incompréhension à sa mère. Elle est perdue entre l'annonce brutale du décès de son père et la tendresse confisquée de sa mère.

*
* *

La nuit s'est emparée du couvent, Agnès prie avec ardeur, agenouillée face à la croix clouée au mur de sa cellule. Elle est tout entière dédiée à la prière, tentant d'absoudre ses péchés. Elle perçoit les bruits de pas derrière la porte. Elle attend. Elle guette. La porte est entrouverte, elle n'ose regarder. Elle sait que c'est lui. Elle demeure immobile. Elle espère un instant qu'il entre, puis culpabilise de cette pensée. Elle entend ses pas s'éloigner, se sent déçue et rassurée à la fois. C'est alors qu'elle voit l'enveloppe à l'entrée de sa cellule. Elle la décachette, y trouve une lettre de Till et une chevalière.

Agnès, savoir que vous souffrez m'est insupportable. Je m'en vais, Dieu décidera de mon sort. Un jour, cette guerre sera finie et peut-être pourrons-nous nous retrouver. Cette chevalière porte les armoiries de ma famille, elle vous guidera. Je vous attends,
Till

Sans réfléchir, elle fonce vers la chambre des obusités. Elle veut le retenir, être loin de lui est au-dessus de ses forces. Elle l'aime. Elle est amoureuse d'un homme, il faut qu'elle cesse de se mentir. Le lit de Till est vide, les autres blessés dorment. Elle court dans l'allée centrale du couvent, et ne peut retenir ses larmes. Elle a tout gâché, mais c'est un amour impossible. Elle voit sortir Geneviève de la sacristie qui semble paniquée et fuir quelqu'un. L'abbé Vautrin la suit, la coiffe de la novice dans la main. La jeune fille se retourne, comme apeurée. Le prêtre lui tend son voile, puis caresse sa joue avant de descendre sa main dans le dos de la novice jusqu'à ses reins et s'attarder sur ses fesses. Agnès est saisie d'effroi.

*
* *

Charles est totalement ivre. Il a bu une bouteille d'alcool, seul dans sa voiture. Il erre maintenant dans l'usine, passe en revue les machines et les outils. Il s'arrête devant une presse à métal, l'actionne. Il murmure entre ses dents :

— Je n'irai pas... Je ne ferai pas cette putain de guerre...

La machine se met en branle, perfore une plaque de métal. Il pousse la plaque, arrête la presse, puis la réenclenche et la laisse descendre sur sa main.

Quatrième Partie

1

20 septembre 1914

L'abbé Vautrin termine son prêche du matin. Les sœurs boivent ses paroles. Agnès est mal à l'aise, à la fois bouleversée par le départ de Till – elle tripote nerveusement la chevalière qu'elle a glissée dans sa poche – et perturbée par ce qu'elle a vu la nuit dernière entre le prêtre et la novice. Elle observe Geneviève à la dérobée. Vautrin descend de l'autel et invite les religieuses à la communion. Chacune reçoit l'eucharistie de la main de l'abbé. Geneviève s'agenouille, Vautrin glisse l'hostie dans la bouche de la jeune fille. Agnès surprend la légère caresse qu'il dépose sur son visage et surtout son regard lourd et vicieux. C'est au tour d'Agnès, elle fixe le prêtre droit dans les yeux, le défie. Il approche l'hostie, elle garde les lèvres serrées. Vautrin est décontenancé, il tente de forcer sa bouche pour y glisser le corps du Christ, rien n'y fait, elle serre les dents. À partir de cet instant, l'abbé et la mère supérieure entrent en guerre. Ils savent tous les deux qu'ils sont désormais ennemis jurés.

*
* *

La main de Charles est enveloppée dans un linge. Le sang coule sur le tissu blanc. Jean, le contremaître, le soutient tant bien que mal. Éléonore déboule, paniquée, dans le couvent et fonce vers Joseph en hurlant qu'il faut opérer son fils sur-le-champ. Le médecin découvre la chair broyée. Un accident de travail, insiste Jean. Deux brancardiers installent Charles quasi inconscient sur la table d'opération. Joseph réclame l'assistance de Suzanne. Elle est pâle, inquiète, sa lèvre toujours boursouflée par la gifle de Lucien. Éléonore supplie le docteur de le sauver. Elle vient de perdre un fils, elle ne pourra pas porter le deuil de ses deux garçons. Suzanne administre de la morphine à Charles qui tourne de l'œil, puis s'apaise. Le diagnostic tombe : le blessé risque la gangrène, il faut amputer, il n'y a pas d'autre solution. Charles entend la décision de Joseph. Malgré la douleur et les effets de la morphine, il trouve la force de se lever, tape dans un plateau d'instruments métalliques, le renverse en pestant. Joseph et Suzanne l'attrapent fermement.

— Lâchez-moi !

Il perd alors connaissance. Joseph et Suzanne échangent des regards intenses, cherchant à se donner de la force. Ils soulèvent Charles, le posent sur la table d'opération. Il n'y a plus de temps à perdre.

*
* *

L'opération a été longue. Charles est désormais plongé dans un sommeil comateux. Dans le cloître, le jour se lève à peine, et déjà le tocsin résonne, les sœurs et les novices s'activent, ne sachant où donner de la tête. Des blessés emplissent les lieux, ils toussent fort, ont les yeux qui grattent, beaucoup souffrent de détresse respiratoire, certains vomissent et se plaignent de violents maux de ventre. Malgré l'urgence de la situation, Joseph ne pense qu'à une chose, comprendre ce qui se joue entre Suzanne et Lucien. Sa plaie à la lèvre l'inquiète. Quand il l'observe, elle baisse les yeux, elle lui cache quelque chose. Alors qu'il s'était juré de ne pas se mêler des affaires de cette femme mariée, il ose :

— Vous me le diriez si quelque chose n'allait pas, n'est-ce pas ?

Suzanne est tourmentée. Lucien n'était pas dans leur cellule au réveil. Elle se demande ce qu'il manigance, certaine qu'il est prêt à tout pour communiquer des informations aux Allemands. Elle sourit timidement à Joseph et garde le silence. Un soldat s'écroule à leurs pieds, à bout de souffle. Joseph l'ausculte au stéthoscope. Le blessé murmure : « C'est de la poudre blanche, dans le ciel il y a de la poudre blanche. »

Le soldat est traversé par une terrible quinte de toux qui l'achève. Devant le mort, Joseph et Suzanne sont démunis, ils n'ont jamais été confrontés à pareils maux. Suzanne interpelle Florence, l'une des ambulancières. Il resterait beaucoup de soldats atteints des mêmes symptômes au cantonnement, ils tombent comme des mouches, personne ne comprend ce qui se passe.

Le général Duvernet débarque au couvent pour se rendre compte de la catastrophe. Il vient interroger son fils quant au diagnostic médical. Joseph examine plusieurs hommes, toujours secondé par Suzanne qu'il ne lâche pas des yeux. Leur énergie et leur volonté sont décuplées sans même prononcer une seule parole. Ils sont liés. Ils forment un couple dans le drame.

— Ici, on a perdu douze soldats en moins de deux heures, une dizaine sont morts pendant le trajet… Le produit, un gaz certainement, semble les détruire de l'intérieur. Ils souffrent d'une détresse respiratoire qui s'aggrave très vite. La seule chose que l'on puisse faire, c'est les soulager avec de l'oxygène.

Duvernet suppute que l'ennemi teste une nouvelle arme sur les troupes françaises, quelque chose d'inédit jusque-là jamais déployé. En août, les Français avaient bien utilisé des grenades chargées de gaz lacrymogène, mais les effets étaient beaucoup moins ravageurs, le but étant juste d'aveugler l'ennemi[1]. Là, il s'agit d'autre chose qui laisse présager que la guerre prend une autre tournure, celle d'une guerre totale et sournoise. Il observe les soldats qui s'étouffent. Il faut agir. Ils ont besoin de savoir ce qui les attend. Et pour cela, il faut utiliser l'aviation.

---

1. En réalité, ce n'est que le 22 avril 1915 que l'armée allemande a utilisé pour la première fois de l'histoire une arme chimique, le chlore. Le chlore a rapidement été remplacé par du phosgène, plus toxique, incolore et inodore. En 1917, le tristement célèbre gaz moutarde ou ypérite a été répandu pour la première fois à Ypres. Un gaz huileux qui s'est avéré terriblement efficace.

— Madame Charrier, je vais avoir besoin de votre mari.

— Mon mari ?

— Oui, il nous faut un aviateur pour effectuer des vols de reconnaissance, je ne peux pas vous en dire plus. C'est le seul que nous avons à disposition, et je me suis renseigné sur lui, c'est un de nos meilleurs pilotes, son tableau de vol est impressionnant. Je sens que vous êtes inquiète à cause de son état de santé… Mais il est venu lui-même se porter volontaire.

Le pressentiment de Suzanne se révèle donc juste. Lucien ira jusqu'au bout.

*
* *

Les ambulancières sont épuisées. Au petit matin, elles ont réalisé plusieurs allers-retours entre le cantonnement et le couvent. Il reste encore des hommes à évacuer, mais elles s'octroient une pause, adossées contre leurs véhicules. Marguerite est exténuée et encore très peinée par les échanges conflictuels avec Colin, puis Caroline. Ce sont les deux personnes qui comptent le plus pour elle. Elle aperçoit Colin et son ami Gus. Ils n'ont pas été touchés par la mystérieuse poudre blanche. Ils aident un blessé au corps secoué de quintes de toux à embarquer dans une ambulance. Marguerite ne peut s'empêcher d'aller lui parler.

— Fais bien attention à toi, Colin, je ne sais pas ce que les soldats ont inhalé, mais c'est une belle saloperie…

Elle se met à le tutoyer, elle s'en étonne elle-même. Colin est très distant, il n'a toujours pas digéré que Marguerite repousse ses avances. Il pense qu'elle joue avec lui, que ses intentions ne sont pas claires. Marguerite voudrait tant lui révéler la vérité, pourtant elle n'y arrive pas. Elle grimpe alors dans son ambulance et file à vive allure sur les routes de campagne.

Elle est tellement dans ses pensées qu'elle ne remarque même pas la voiture de Marcel qui se dirige vers le cantonnement. Ce dernier souhaite voir Colin qu'il ne tarde pas à repérer. Il croise un homme qui vomit du sang. Comme chacun, Marcel est interpellé par ce curieux mal dont souffrent les soldats. Il pose sa main sur l'épaule de Colin. Celui-ci le guide vers sa tente, un peu à l'écart.

— Dis-moi mon grand, tu ne trouves pas ça bizarre cette grande rousse qui s'est mise à te coller au cul du jour au lendemain après ta venue dans mon établissement ?

— Marguerite ?

— Marguerite, oui. On va faire un jeu de devinettes... Tu connais la différence entre un saint-cyrien, un fils d'ambulancière et un fils de pute ?

Soudain, Colin comprend où Marcel veut en venir. C'est comme si la foudre venait de lui tomber dessus. Il hoche la tête, aucun mot ne sort de sa bouche. Il est sonné.

— Eh oui, il n'y en a aucune.

Marcel tire un dossier de sa besace et le tend à Colin, dont la main tremble.

— Ça, c'est le dossier de l'Assistance publique te concernant. Je te laisse y jeter un œil, tranquillement. Bon, rendez-vous avec ta propre histoire...

Marcel sort de la tente. Colin, qui tourne les pages du document, accuse le choc, ne laissant transparaître aucune émotion. Il pense à ses parents, à celle qui jusqu'à présent était sa mère, la tendresse qu'elle a déployée à son égard durant toute son enfance, l'autorité de celui qui alors était son père, son éducation stricte mais juste qui a fait de lui un jeune homme honnête et droit. Il pense à ses grands-parents aussi, ses cousins, aux vacances à la mer sur la côte bretonne, les cabines de bain de Dinard, la pêche aux crabes verts dans les mares entre les rochers, tous ces moments partagés avec des inconnus, finalement. Une colère soudaine le saisit, tout le monde lui a menti. Toutes ces années, il a grandi dans la fausseté et l'hypocrisie. Sa vie est un immense mensonge.

2

Agnès a besoin de répit. La matinée a été furieuse et cruelle avec l'arrivée de tous ces soldats intoxiqués. Peu ont survécu, les autres se plaignent d'atroces souffrances. La religieuse est préoccupée, ce qu'elle a surpris entre Geneviève et l'abbé Vautrin lui déplaît, elle craint le pire. L'état de guerre rend-il les gens à ce point fous pour les pousser à commettre l'irréparable et braver les interdits ? Elle, par exemple, n'aurait jamais succombé au péché de chair dans un autre contexte. Elle tente de s'en persuader, se le répète, même si elle sait qu'il n'est pas uniquement question de sexe mais d'un amour bien plus puissant. En revanche, entre la jeune novice et l'abbé, quelque chose de malsain s'est immiscé. Elle aperçoit Geneviève au bout du couloir et lui fait un signe de la main pour qu'elle l'attende. Face à la jeune fille, elle hésite puis finalement se lance :

— Cette nuit… Je t'ai vue… avec l'abbé Vautrin…

Geneviève accuse le coup et soutient le regard de sa mère supérieure en tentant de masquer sa gêne.

— Euh… non… enfin si… Le Très Révérend Père a gentiment accepté de me préparer à la profession de foi.

— À minuit passé ? Tu es certaine qu'il n'y a pas autre chose ?

La petite baisse les yeux et rougit. Geneviève tente de se justifier :

— Tous les hommes de Dieu font ça !

— Ça ?

Geneviève se mure dans un silence honteux. Elle entre dans la salle des obusités pour couper court à la conversation qui a été trop loin. Agnès est estomaquée. Elle prend sur elle, et entre dans la chambre, même si la vision du lit vide de Till lui fend le cœur. Elle insiste auprès de Geneviève, lui prie avec douceur de lui en dire plus. La petite finit par céder, en larmes, défendant l'abbé.

— C'est un acte divin...

— C'est ce qu'il te fait croire ! L'abbé te manipule, il use de son pouvoir sur toi pour te...

— Laissez-moi !

— Je ne peux pas, ce qu'il te fait c'est...

— Vous êtes jalouse c'est pour ça que vous vous en mêlez !

— Pardon ? C'est ahurissant ce que tu me dis là, Geneviève !

— Vous êtes jalouse, parce qu'il s'intéresse à moi et pas à vous !

Geneviève accélère le pas et traverse le cloître. Suzanne croise la novice blafarde, le visage tendu. Elle trouve Agnès assise sur le lit vide de Till, abattue. Celle-ci se confie à Suzanne, car si elles ne sont pas des amies à proprement parler, elles ont une certaine complicité, et une grande confiance s'est instaurée entre elles.

— L'abbé Vautrin abuse de Geneviève et il se sert de sa foi pour la manipuler !

— Elle vous en a parlé ? Et vous avez des preuves ?

— Malheureusement non, des gestes que j'ai entrevus, mais elle m'a avoué qu'avec l'abbé ils s'adonnent à un acte approuvé par Dieu !

— Ah, vous avez sa parole, alors...

— Oui, mais elle ne dira rien si je vais au diocèse dénoncer Vautrin.

— Vous devez la convaincre de parler... Imaginez qu'il y ait d'autres victimes...

Agnès soupire. Elle est dévastée. Suzanne comprend qu'il y a autre chose. Agnès lui montre la bague de Till.

— Il est parti, il a décidé pour nous... L'épreuve de Geneviève me montre que Dieu me rappelle à lui. Il a besoin de moi, c'est une nouvelle mission qu'il m'envoie.

Agnès a besoin de respirer. Elle aimerait se promener dans la campagne comme elle le faisait avant la guerre, il y a encore quelques semaines, quand quelque chose la tourmentait. D'ailleurs, elle avait peu de soucis avant. Elle allait s'oxygéner lors de marches solitaires, ou alors elle retrouvait la petite Lisette qui lui apprenait les choses de la nature. Au printemps, elles s'occupaient de la roseraie du couvent. Cette fillette lui apportait tant de joie. Elle a encore du mal à se faire à l'idée de son décès.

Dans la cour, les novices étendent du linge, certaines ont le sourire. Agnès est impressionnée par le courage et la joie de vivre dont la plupart des jeunes filles témoignent, malgré la dureté des événements. Geneviève lave des draps qu'elle frotte énergiquement. Elle sent le regard pesant de la mère supérieure sur elle. Elle frotte encore plus fort, comme si elle cherchait à faire disparaître quelque chose. Agnès s'approche d'elle, la novice est soudain secouée de spasmes. Elle met la main sur la bouche et s'éloigne pour aller vomir. Ce n'est pas la première fois que Geneviève est prise de nausées. Jusqu'à présent, Agnès pensait qu'elle avait du mal à supporter les horreurs de la guerre et la vue des blessures atroces de certains blessés. Mais maintenant, elle comprend.

— Geneviève, ça va aller... De quand datent tes dernières menstrues ?

— De trois mois, ma Mère, pourquoi ?

— Tu es enceinte, Geneviève...

La jeune fille jette un linge par terre et s'enfuit en courant, anéantie et honteuse.

*

* *

Suzanne prend un café dans le réfectoire. Elle fait le point. Elle n'a toujours pas été démasquée, c'est déjà ça, mais elle est tenaillée par l'envie de dénoncer Lucien, auquel cas elle ne donne pas dix minutes pour qu'il la balance à son tour. Sa présence lui est insupportable parce qu'il l'empêche de se donner pleinement à Joseph. Le médecin entre dans le réfectoire, un journal à la main, et lui montre la une de l'édition du jour avec la photo des quatre combattantes décorées. Suzanne blêmit à la vue de l'article et surtout de la photo qui prend presque toute la page.

— Vous êtes une vedette désormais... Si les gens savaient qu'une de leurs héroïnes se fait battre par son mari... Combien de temps allez-vous supporter ça ?

— Mais... non... Ce n'est pas mon...

Suzanne se reprend, elle ne peut rien dire, non pas pour se protéger elle, mais pour le protéger lui, cet homme auquel elle s'attache de plus en plus.

— Jeanne, je suis médecin, je sais bien que votre lèvre, ce n'est pas une chute mais un coup !

— Je peux savoir de quoi vous vous mêlez ? On ne se doit rien vous et moi, on est d'accord ?

C'en est trop, Joseph attire Suzanne contre son torse pour l'embrasser passionnément. Suzanne ferme les yeux et s'abandonne tout entière dans ce baiser. Plus rien ne compte que la chaleur qui s'empare de leurs deux corps unis par un désir irrépressible.

3

Caroline ne se remet pas de la virulence de Marguerite à son encontre. Elle se fait du souci pour elle, malgré tout. Elle descend au salon pour parler à Éléonore, les cris de Charles retentissent dans toute la maison. Madeleine joue au jardin. La fillette est courageuse, elle encaisse la mort de son père et doit désormais vivre avec un homme amputé qui se tord de douleur. Cette famille Dewitt est sur le point d'exploser. Caroline se dit qu'elle en est désormais le ciment, elle se doit donc d'apaiser les choses avec sa belle-mère. Elle croit en la force de la sororité. Elle a vu que cela avait marché avec les ambulancières et les ouvrières. Une fois passée la colère d'Éléonore qui lui a reproché de lui avoir caché le décès de Victor, elles pourront avancer ensemble vers un destin incertain.

Caroline propose une tasse de thé à Éléonore. Sa belle-mère demeure mutique. Puis elle craque, sans verser une seule larme :

— J'ai perdu un fils à la guerre, et l'autre s'est mutilé…

— Je suis vraiment désolée, Éléonore…

— Désolée ? Vraiment ? Je vous faisais confiance et vous me cachez quelque chose d'aussi énorme que la mort de mon fils ? Je ne vais pas vous mettre à la porte Caroline, il y a Madeleine, je vous garde uniquement parce qu'il y a Madeleine.

— Si vous pensez réellement ce que vous dites, c'est moi qui partirai, avec ma fille !

Caroline sort retrouver Madeleine, et Éléonore monte au chevet de son fils. Il se contorsionne tant il souffre. La vision de sa mère l'apaise un peu. Elle lui tend un verre contenant de la morphine qui le calme aussitôt. C'est alors le silence, pesant, un silence habité par toutes les rancœurs et les détestations.

— Tout petit déjà, tu mentais tout le temps, et à tout le monde... Pourquoi as-tu été mobilisé sur le front alors que tu as ce poste au ministère ? À moins que tu n'y travailles pas vraiment, c'est ça ?

Il a du mal à parler à cause de la douleur, mais il murmure avec peine :

— J'ai été remercié il y a deux semaines.

Charles se sent honteux, il lit de la pitié et de la déception dans le regard de sa mère. Il n'est pas à la hauteur de ses attentes, il ne l'a jamais été.

— Ah, je comprends mieux... Tu as eu peur d'aller à la guerre, alors que Victor...

— Victor, oui bien sûr, lui n'a pas eu peur, il a toujours tout bien fait, tandis que moi, j'ai toujours été un lâche, je sais. Papa me l'a suffisamment répété.

Charles se souvient que lorsqu'il faisait les 400 coups avec Marcel, des petits larcins dans les fermes, des œufs, des légumes, des outils, c'était Marcel qui prenait, Charles s'arrangeait toujours pour disparaître.

— Tu as eu ce que tu voulais, Charles, tu n'iras jamais à la guerre, nous ne reparlerons plus de ce qui est arrivé.

Éléonore laisse Charles seul avec sa souffrance et son humiliation.

*

* *

Le soleil tape sur le cantonnement où règne un calme étrange. Comme un répit entre deux attaques violentes. Les soldats ne comprennent toujours pas ce qui leur est tombé dessus, ce poison venu du ciel et de l'ennemi. Marguerite descend de son ambulance. Elle repère Gus et les amis de Colin.

— Bonjour Gus, je cherche Colin, il n'est pas avec vous, il lui est arrivé quelque chose ?

— Oh non, enfin si, enfin je sais pas, mais ça va pas fort, il picole tout seul là-bas, c'est pas son genre…

Marguerite doit lui dire toute la vérité. Il doit la tenir de sa bouche à elle, pas d'un autre. Elle s'approche de Colin, assis au bord de la rivière, les yeux dans le vague, une bouteille de vin à moitié vide gisant à ses côtés. Alors qu'il l'ignore, elle s'assoit près de lui. Elle se lance :

— Tu habites avenue Victor-Hugo à Paris, avant d'intégrer Saint-Cyr, tu étais au lycée Rabelais, ton chien est un berger allemand, il s'appelle Pyrame… Je suis tombée amoureuse d'un homme alors que j'étais une toute jeune fille, il m'a abandonnée lorsqu'il a su que j'étais enceinte. Tout le monde m'a abandonnée d'ailleurs, j'étais la honte de la famille, mon père a voulu me caser avec un homme trente ans plus vieux que moi, j'ai refusé, alors il m'a fichue dehors.

Marguerite fait une pause. Elle poursuit son récit qui leur fait du mal autant à l'un qu'à l'autre. La vérité peut être cruelle.

— J'ai accouché toute seule dans une chambre de bonne misérable. Pendant presque deux ans, on a vécu tous les deux dans des conditions difficiles, je te nourrissais au sein, et moi je ne mangeais que du pain et de la soupe. J'ai commencé à vendre mon corps, j'avais honte vis-à-vis de toi, alors je me suis rendue à l'évidence, je n'avais rien à t'offrir, je t'ai confié à l'Assistance publique. Je ne pouvais pas te donner la vie que tu méritais... J'étais effondrée, mais je voulais que tu aies une chance de t'en sortir...

— Et je devrais vous remercier ?

Devant le ton cassant de Colin, Marguerite est accablée.

— Je n'ai jamais cessé de t'aimer Colin, je t'ai retrouvé grâce à une bonne âme à l'Assistance. Cela fait quatre ans que j'essaie de te... rencontrer. Alors, quand la guerre a éclaté...

— Vous vous êtes dit que c'était le bon moment pour soulager votre conscience... Avant qu'il ne soit trop tard !

*

* *

Caroline a revêtu sa tenue de deuil. Elle s'est réfugiée dans son bureau à l'usine. À ses côtés, Madeleine griffonne des silhouettes féminines. La poupée que son père lui a offerte ne la quitte jamais. Caroline pense que Madeleine n'a plus de repère masculin, mis à part Jean et un oncle veule. Elle n'est entourée que de femmes, sa grand-mère, les ouvrières et elle. Elle jette un œil discret sur les dessins de sa fille, sourit intérieurement à la découverte d'un dessin avec une très grande dame à la chevelure rouge devant un camion d'ambulance. Marguerite. Madeleine a immédiatement perçu le charisme et la force de Marguerite. Caroline est touchée. Soudain, elle entend des voix dans l'atelier, elle regarde par la verrière. Florence, l'une des anciennes prostituées devenues ambulancières, s'entretient avec les ouvrières. Caroline les rejoint pour savoir s'il y a un problème. Bien au contraire, les ambulancières sont venues annoncer que l'état-major leur a trouvé une maison abandonnée pour les loger. Elles sont ravies et proposent aux ouvrières de passer les voir pour trinquer et manger un morceau. Caroline est soulagée pour les filles, mais elle décline l'invitation. Elle n'a pas envie d'affronter Marguerite. Florence insiste :

— Marguerite va très mal, Marcel a raconté à Colin qu'il était son fils.

4

Quand Geneviève ne va pas bien, elle se réfugie dans les tâches ménagères. Elle lave, récure, balaie. Elle y met une énergie folle, c'est un exutoire. Elle passe la serpillière dans la chapelle, elle frotte frénétiquement. L'abbé Vautrin fait son apparition. Tout le corps de Geneviève se raidit en sa présence. Elle est perdue, tiraillée et honteuse. Cet homme exerce sur elle une emprise démesurée. Elle en a peur autant qu'elle se sent liée à lui. Il se tient bien droit devant elle, mais elle n'ose pas le regarder dans les yeux, comme si elle était prise en faute.

— Je t'ai attendue tout à l'heure…

La novice n'a pas rejoint l'abbé dans sa cellule après le déjeuner. Les propos d'Agnès ont fait du chemin dans sa tête, ce n'est pas normal qu'un homme d'Église ait des relations sexuelles avec une jeune sœur. Elle finit même par penser que ce n'est pas normal du tout qu'un homme force une jeune fille à avoir des relations sexuelles avec lui. Elle ne l'a jamais souhaité au fond, ce qu'il lui demande de faire la dégoûte. Vautrin approche son visage du sien, il prend sa voix la plus douce, celle qu'il déploie lorsqu'il veut qu'elle le « câline ».

— Mais qu'est-ce qui se passe, ma Geneviève ? Je suis là pour toi, tu sais ?

Geneviève s'assoit sur un banc de prière, il s'installe à ses côtés, pose sa main sur sa cuisse. Tout son corps se raidit et lui fait mal au contact de cette main. Il la glisse sous sa robe, remonte. Elle la repousse.

— Je croyais que ce que tu voulais c'était prononcer tes vœux ? Il faut que tu fasses bien tout ce que je te demande...

Geneviève s'écarte de Vautrin. Il comprend.

— Tu as parlé à quelqu'un ? Je t'avais dit qu'il ne fallait pas, que Dieu était d'accord à condition que ça reste un secret.

Geneviève ne peut plus se retenir. Elle lui annonce brutalement qu'elle est enceinte. L'abbé se retourne contre elle. Cela ne le concerne pas, il n'y est pour rien, l'enfant est celui du péché, son péché à elle, pas le sien. Habile, il cite la Genèse :

— *Et Dieu dit : prends ton fils unique, celui que tu aimes, Isaac, et tu l'offriras en holocauste.*

Vautrin fixe le ventre de Geneviève, elle comprend ce qu'il attend d'elle.

— Vous voulez que je sacrifie l'enfant, mais Dieu nous punira pour ça !

— Dieu sait que tu ne t'es jamais donnée à moi pour son amour, mais par luxure. Tu es sale, Geneviève, tu es une pécheresse, une petite vicieuse qui pousse les hommes à commettre les pires outrages ! La seule façon de sauver ton âme est d'effacer ta faute. Demain matin, quelqu'un t'amènera à Pont-à-Mousson. Là-bas, une femme va s'occuper de ton problème.

Geneviève déboule dans le bureau d'Agnès sans frapper. Totalement paniquée, elle lui raconte ce que Vautrin lui demande de faire, la pression qu'il lui fait subir, elle seule serait responsable de ce qui lui arrive. Agnès la rappelle à la raison. Personne ne va sauver son âme si elle sacrifie son bébé. Vautrin veut qu'elle avorte pour effacer les preuves de ses abus. Geneviève se bouche les oreilles pour ne pas entendre, pourtant la mère supérieure lui retire les mains de son visage et lui assène la cruelle réalité pour provoquer un électrochoc.

— Geneviève, l'abbé Vautrin t'a violée ! Tu n'as rien fait de mal ! On va aller le dénoncer au diocèse avant qu'il ne s'en prenne à d'autres sœurs, si ce n'est pas déjà fait.

Geneviève réalise alors pleinement l'ampleur du désastre, elle s'écroule dans les bras d'Agnès.

*

* *

Marguerite remet en place une mèche du chignon de Caroline. Son beau visage l'émeut, elle l'aime encore. Elles sont toutes les deux réunies dans le salon cossu de la maison réquisitionnée pour les ambulancières. La surprise de la retrouver, la frustration de la savoir mariée et désormais veuve, le contexte de guerre qui fait que les émotions et les sentiments sont encore plus intenses, le rejet de Colin, tout rend Marguerite à fleur de peau, explosive. Elle s'en veut de l'avoir repoussée violemment la veille. Évidemment qu'elle a besoin d'elle, évidemment qu'elle veut qu'elle s'occupe d'elle, qu'elle l'écoute, qu'elle la réconforte et bien plus encore. Caroline la regarde intensément, profondément, amoureusement. Marguerite en est certaine, son émoi est réciproque. Leurs visages sont maintenant très proches, elles ne voient rien autour d'elles, elles oublient les ambulancières et les ouvrières qui trinquent et rigolent devant la maison qu'elles viennent d'investir. Leurs bouches s'aimantent. Marguerite embrasse délicatement Caroline qui lui rend son doux baiser. Marguerite l'attrape plus fougueusement, mais Caroline s'écarte. Elle est troublée, tiraillée entre la Caroline passionnée de sa jeunesse et la Caroline Dewitt, maman et veuve fidèle à son époux défunt et aux valeurs qu'il portait.

— Je ne pense pas que ce soit une bonne idée, Marguerite...

Marguerite est déchirée, elle a tellement envie d'elle, mais elle comprend parfaitement que ce ne soit pas le bon moment. Elle saura patienter le temps qu'il faudra, par respect pour elle, pour tout ce qu'elles ont traversé par le passé, et qu'elles traverseront encore, ensemble, dans cette nouvelle histoire qu'elles sont en train d'écrire.

Juliette est la seule à ne pas participer à la petite fête improvisée. Elle se tient dans le couloir, tapie derrière un paravent, un poste d'observation parfait. Elle ne rate pas une miette du spectacle. Témoin du baiser échangé entre les deux femmes, elle a de quoi coincer Marguerite et elle tient sa revanche. Elle pense : « Vous êtes ravissantes toutes les deux, vous pensez être au-dessus des autres, vous allez payer ! »

La jeune fille ne perd pas un seul instant et s'absente discrètement de la maison. Elle grimpe dans une ambulance. Personne ne s'occupe d'elle, les filles sont trop occupées à chanter et danser. Elle démarre et prend la direction de Saint-Paulin. C'est avec une nouvelle assurance qu'elle débarque au bordel, très calme ce soir-là. Yvonne n'apprécie pas sa présence, elle n'a rien à faire ici, elle a été virée, il lui semble que le message avait été clair. Juliette insiste pour voir Marcel.

— Qu'est-ce que tu lui veux à Marcel, fous-lui la paix, il ne veut plus de toi, on n'a plus besoin de toi...

— C'est au sujet de Marguerite, je pense que ça peut l'intéresser, et toi aussi...

Piquée, Yvonne demande à Juliette de la suivre. Elles montent jusqu'au bureau de Marcel d'où Bernard, le gendarme, vient de sortir. Marcel explique à Yvonne :

— Il y a un soldat au cantonnement à qui notre came n'a pas réussi... Et la police militaire a coffré notre intermédiaire... Mais t'inquiète, il dira rien... J'ai fait ce qu'il faut, toujours utile d'avoir des amis à la gendarmerie. Mais pourquoi t'es là toi, Juliette ?

— C'est Marguerite.

À l'évocation de ce prénom, il se sent tout de suite intéressé et se montre plus avenant envers Juliette.

— Quoi Marguerite ?

— Je l'ai vue embrasser Caroline Dewitt ! Et tu sais quoi ? Je les ai bien observées toutes les deux, elles ont l'air de se connaître depuis longtemps...

Yvonne savoure.

— Avec son air de pas y toucher, sa belle maison... Certaine que la Dewitt a été pute. Ça doit être facile de vérifier sur les listes officielles, quand t'es inscrite, c'est à vie...

Marcel fait sortir les deux femmes et téléphone à Charles. Celui-ci écoute sans broncher la révélation que lui fait Marcel. La roue tourne à nouveau en sa faveur.

5

Dans le réfectoire vide et sombre, Vautrin reste inébranlable face aux accusations d'Agnès. Il termine sa soupe sans sourciller. Puis il la regarde droit dans les yeux.

— C'était émouvant d'assister à votre dépucelage… On ne fait rien de mal, vous comme moi… Alors, pourquoi risquer de briser l'équilibre du couvent ?

Agnès, piégée, est gagnée par la nervosité. Vautrin est un pervers manipulateur en plus d'être un violeur. Elle n'a jamais été à l'aise avec cet homme charismatique. Elle s'en est toujours méfiée mais pas au point d'imaginer pareilles horreurs. Elle a honte d'officier dans le même couvent que lui, honte d'y être associée. Elle sait qu'il est prêt à la dénoncer, elle sait ce qu'elle risque : l'excommunication et une arrestation pour trahison à la patrie. Elle risque bien plus que lui. Agnès ne peut se résoudre à partir et laisser Geneviève face à son prédateur. En outre, elle est certaine qu'il y a d'autres novices parmi ses proies. Elle ne les abandonnera pas, elle est comme leur mère à toutes. Et puis, où irait-elle ? Que ferait-elle de sa vie ? Tenter de retrouver Till ?

C'est une pure folie. Sa place est ici. Elle doit protéger les jeunes filles, c'est désormais sa mission, une nouvelle épreuve que Dieu lui envoie. Il ne faut pas qu'elle échoue, qu'elle le déçoive à nouveau.

*

* *

Caroline n'arrête pas de penser à Marguerite. Leur baiser ne l'a pas laissée indifférente. Dans la voiture qui la ramène à la demeure des Dewitt, elle a les jambes tremblantes, parcourues de frissons incontrôlables, et le cœur qui bat la chamade. Marguerite a réveillé sa chair endormie depuis des mois. Avec Victor, le sexe n'a jamais été explosif, mais tendre et complice. Elle culpabilise de désirer Marguerite alors qu'elle est au tout début de son veuvage. Se laisser embrasser par une femme, encore vêtue de sa robe de deuil, ce n'est pas concevable, et pourtant elle s'est laissé faire. Elle doit se refréner. Surtout ne pas vaciller, ne pas risquer de tout perdre. Elle passe le grand portail du domaine, se gare, se recoiffe dans la voiture tout en se regardant dans le rétroviseur. Un instant, elle voit la jeune fille qu'elle était il y a quinze ans. Elle ferme les yeux, elle entend le rire de Marguerite, elle la voit tournoyant dans une jupe à fleurs au square Montholon. Ces moments de légèreté venaient ponctuer de bonheur le quotidien parisien marqué par la violence des hommes. Elle ouvre les yeux, observe la demeure devant elle, cette maison où elle ne se sent pas chez elle. Germaine l'accueille chaleureusement, lui retire son manteau. Éléonore est là également. Elle lui indique que Madeleine a beaucoup pleuré avant de s'endormir, tentant ainsi de la culpabiliser. Les deux femmes prennent place dans la salle à manger. Charles, le bras en écharpe, en robe de chambre, fait son entrée. Il ne tient pas bien sur ses jambes. L'opération a été traumatisante même si Suzanne lui a administré du chloroforme pour atténuer la douleur. À son arrivée, les deux femmes cessent de parler.

— Tu es supposé garder le lit, Charles…

— J'ai faim, j'en ai marre des soupes et des bouillies.

— Germaine va te préparer quelque chose et le monter dans ta chambre.

— Non, je veux manger à cette table. Caroline, c'était bien ta petite fête avec les ambulancières ? Tu n'as pas faim toi, évidemment…

Caroline et Éléonore sont mal à l'aise. Elles commencent à avoir l'habitude des sous-entendus de Charles.

— On dirait que tu t'es vite remise de la mort de mon frère… Je te laisse le soin d'expliquer qui est la femme rousse qu'on voit souvent ici, et surtout ce que vous faites ensemble.

Caroline se fige, car elle sait de quoi Charles est capable. Elle lit l'interrogation sur le visage de nouveau sévère de sa belle-mère.

— Tu ne sais rien, Charles…

— Ah si, au contraire, je sais tout. Vous saviez vous, ma chère mère, que Caroline, votre bru idéale, trompait votre fils adoré ?

— Caroline, mais de quoi parle-t-il ? Dites-moi que c'est faux !

— Attendez maman, le meilleur… Elle le trompe avec une femme en plus !

Éléonore blêmit, ses traits se raidissent, elle esquisse une moue de dégoût.

— C'est une ancienne prostituée, comme votre belle-fille d'ailleurs… Tu t'es bien gardée de nous le dire ça, Caroline… Remarque, moi, je n'ai jamais cru à ton histoire de couturière que Victor aurait rencontrée à Montmartre.

— Victor savait tout de mon passé, je ne lui ai jamais menti, et je ne l'ai jamais trompé ni avec un homme ni avec une femme.

— Ah, tu as à peine attendu qu'il soit mort pour te taper la belle rousse !

Éléonore s'attend à ce que Caroline démente cette histoire. Mais celle-ci fond en larmes, des larmes d'aveu. Madame Dewitt explose :

— Ça suffit la mascarade ! En fait, j'ai toujours su que vous étiez fourbe, que vous étiez là uniquement pour l'argent ! Victor, lui, a toujours cru que vous l'aimiez, et je ne sais pas ce qu'il vous trouvait, mais il vous aimait !

— Mais ce n'était qu'un baiser, un baiser à une amie, rien de…

— Taisez-vous, je ne veux rien savoir ! Demain, vous quitterez la maison définitivement. Je ne veux plus jamais vous revoir, vous m'entendez ? Plus jamais ! Et maintenant, sortez !

6

21 septembre 1914

L'ordre de mission vient d'être porté par Delille. Les soldats sont en rang, la tête basse, résignés, ils n'ont d'autre choix que de combattre. L'état-major a dépêché un aviateur pour faire des repérages. Il confirme l'existence d'un entrepôt où sont stockées les nouvelles armes qui permettent d'envoyer ce qui semble être du gaz. Une seule solution demeure : détruire le bâtiment. Gus partage ses craintes avec Colin qui titube un peu, l'ivresse du vin et les révélations de Marguerite l'ayant assommé.

— On prend des risques, non, à aller faire exploser un endroit rempli de… gaz ?

— Delille dit que c'est justement pour éviter de se faire gazer comme hier qu'on va attaquer cet entrepôt.

Colin a un drôle d'air, les yeux rouges et la diction plus lente que d'habitude.

— T'es bourré, Colin ?

— Pas assez pour renoncer à me battre. On prend notre paquetage et on y va !

Pendant que la colonne de soldats se met en route, la nuit tombe. Le régiment de Colin s'enfonce dans la forêt silencieuse et fraîche, l'automne est proche. Certains ne le verront jamais, d'autres vivront encore l'effroi et la fureur des combats. L'obscurité se fait de plus en plus menaçante, la laideur est au bout du chemin. Delille mène la section de Gus et Colin. Les lignes allemandes se rapprochent dangereusement. Le tir d'un obus résonne. Une explosion. Un nuage blanc se répand, les hommes commencent à tousser, puis tombent à terre les uns après les autres. De nouveau, le poison vient du ciel. Les soldats suffoquent, Delille donne l'ordre de tenter de contourner la masse blanche dans le noir de la forêt. S'ensuivent d'autres explosions, la fumée blanche encore, la toux, les hommes qui tombent. Certains renoncent et rebroussent chemin, malgré les ordres de Delille. Gus, terrifié, implore Colin de faire de même. En vain. La peur est trop forte, il fuit avec plusieurs hommes. Delille leur intime l'ordre de revenir, mais personne ne fait demi-tour. Il se tourne vers Colin.

— Tirez sur les fuyards, c'est un ordre !

Colin abasourdi lève son arme vers eux, mais ce sont ses amis, il ne peut pas, il tire en l'air. Sa main tremble, il a envie de vomir, la guerre pousse à la monstruosité. Delille est exaspéré par le refus d'obtempérer de Colin. Il n'hésite pas un seul instant et tire dans le dos de ses propres soldats. Gus s'effondre. Colin hurle de rage. Il ressent une haine soudaine à l'encontre de Delille et lui assène un violent coup de crosse sur la tête, l'homme s'écroule à ses pieds. Les obus chargés de gaz ne cessent de tomber. Colin, fiévreux, hurle l'ordre de se replier. Le jeune homme comprend qu'il y a pire que l'ennemi : la folie.

*
* *

Lucien sort de l'état-major où Duvernet l'a vivement remercié pour ses photos qui ont permis de localiser l'entrepôt. Il n'a pas de temps à perdre. Il rentre au couvent, repère Suzanne qui veille sur des blessés, et la saisit fermement par le bras. Mais elle refuse de le suivre. Joseph ne perd rien de la scène. Il ne peut plus supporter que Lucien malmène celle qu'il pense être sa femme. Il suit Lucien dans le couloir. L'aviateur essaie d'allumer une cigarette, mais il n'en a pas le temps, Joseph lui colle une droite étourdissante. Lucien réplique, les deux hommes se battent avec véhémence. Soudain, Joseph pousse un cri de douleur, Lucien lui a planté un couteau dans le flanc. Il traîne péniblement le corps du médecin jusqu'à sa cellule. Suzanne tombe sur lui dans le couloir, il sort son flingue :

— Tu viens avec moi, il est temps pour nous de nous barrer d'ici !

À quelques pas de là, Agnès a un mauvais pressentiment. Elle n'a pas trouvé Geneviève dans le dortoir des novices. Elle parcourt les longs couloirs froids du couvent. La porte de la chapelle est entrouverte. Elle entre. Le corps de la novice se balance dans le vide, pendu devant l'autel.

Cinquième Partie

1

21 septembre 1914

Caroline, le cœur lourd, finit de charger ses bagages dans la voiture que Jean, le contremaître, lui a avancée devant l'entrée de la demeure. Malgré l'injustice de la situation, elle se sent honteuse. On lui a renvoyé son passé à la figure. Toute sa vie, elle sera rabaissée. Quand on est prostituée, même quelques années, on le reste pour toujours. Elle porte également les stigmates de la pauvreté inscrits dans sa chair, et tout cela fait d'elle une personne infréquentable. Pourtant, elle en a parcouru du chemin depuis le bordel du faubourg Montmartre. Elle rentre dans le salon où Madeleine termine son petit déjeuner. Caroline la presse un peu, elle ne souhaite pas traîner ici, puisqu'elle est indésirable. Elle charge sa dernière valise puis revient chercher sa fille. Éléonore se tient bien droite, elle a retrouvé son air sévère et impitoyable.

— Madeleine reste ici… Je ne la laisserai pas devenir… une… enfin… comme vous.

La fillette se lève et, paniquée, implore sa mère des yeux.

— Laissez-moi passer.

Éléonore lui barre le passage. Elle lui rappelle que l'adultère est répréhensible par la loi et qu'elle n'aura aucun mal à obtenir la garde de la petite puisque Caroline n'aura bientôt aucun moyen de subsistance. Caroline ravale sa colère. Elle ne veut pas provoquer de scandale devant sa fille. Elle contourne sa belle-mère, mais Jean l'empêche d'avancer. Elle ne comprend pas, l'homme a toujours été de son côté. Il disait ne pas aimer la « Sans-Cœur » comme il surnommait Éléonore avec les ouvrières.

— Madame Dewitt a raison, une femme qui va avec une autre femme… C'est pas normal, ça ! Ça peut pas être une bonne mère, il faut vous faire soigner Caroline…

Caroline avait oublié l'intolérance de la majorité des gens à l'encontre des homosexuels en général, et des lesbiennes en particulier. À Paris, Marguerite et elle fréquentaient la butte Montmartre. Là-bas, tout était possible, et les couples de filles s'y affichaient sans qu'on les embête, à tel point qu'on avait surnommé le quartier « le mont Lesbien ». Les filles n'étaient pas toutes vraiment lesbiennes, mais avaient une sexualité libre et fluide et ne s'interdisaient pas les plaisirs saphiques, bien souvent pour oublier la brutalité de beaucoup d'hommes. Caroline, d'ailleurs, ne pense pas être homosexuelle. Elle avait aimé et désiré Marguerite, et aucune autre femme. Elle essaie de forcer le passage, Jean la repousse violemment, elle manque de tomber en arrière. Madeleine éclate en sanglots. La scène est absurde. Ils veulent la priver de sa propre fille ! Caroline est estomaquée. Elle est prête à se battre pour sa fille. Elle pousse alors Jean qui la rattrape fermement par le bras, la tire vers lui et, ne mesurant pas sa force, lui fait mal à l'épaule.

— Maman ! Je veux partir avec ma maman, je veux pas rester ici avec des gens méchants comme vous !

La petite s'élance vers sa mère, Éléonore l'en empêche.

Caroline se met à hurler. Jean traîne Caroline jusqu'en bas des marches. Elle se débat, ses cris et ses pleurs se mêlent à ceux de Madeleine. Alerté par les hurlements, Charles s'approche de la fenêtre de sa chambre, il savoure sa cruelle victoire.

Les ouvrières assistent également à la scène, choquées. Jean pousse Caroline dehors. Éléonore force la petite à rentrer dans la maison et ferme la porte derrière elle. Caroline est à terre, dévastée. Elle se relève, entend encore les cris de sa fille. Elle se résout à regagner sa voiture et se fait la promesse qu'elle reviendra chercher Madeleine au plus vite. Elle va s'installer un temps dans la maison des ambulancières, auprès de ses semblables, elle sera bien là-bas. Marguerite l'aidera à récupérer Madeleine. Caroline ne s'avouera pas aussi vite vaincue, elle peut se résoudre à tout perdre, l'usine, la maison, sa situation, mais certainement pas sa fille.

*

* *

La fillette ne décolère pas, elle porte des coups dans le vide. Sa grand-mère tente de la calmer. Elle la serre dans ses bras jusqu'à sa chambre et la pose sur le lit.

— Calme-toi ma chérie, j'ai fait ça pour ton bien.

— T'es méchante !

Éléonore reçoit les paroles de la fillette comme des lames de couteau dans sa poitrine. Elle lui explique que sa maman a fait quelque chose de mal sans vouloir la blesser, mais qu'il fallait désormais l'éloigner de leur famille.

— Ma famille, c'est ma maman !

Charles se tient à l'entrée de la chambre, mais ni Éléonore ni Madeleine ne le voient.

— Pense à tout ce que ton papa t'a laissé... La maison, l'usine, un jour tout ça sera à toi, c'est toi l'héritière Dewitt. Et puis, je t'aime moi, tu sais mon amour, je vais très bien m'occuper de toi, je n'ai plus que toi.

Charles fulmine, il n'en croit pas ses oreilles. Maintenant, c'est cette gosse qui se place sur son chemin. Il faut qu'il trouve une solution pour s'en débarrasser, cette gamine n'est rien pour lui.

2

Le corps de Geneviève est recouvert d'un linceul blanc. Les novices se recueillent en silence devant l'autel. Les prières sont muettes, intériorisées, un chagrin immense se lit sur les visages. Agnès n'est plus habitée par la colère, elle se sent puissante face à l'adversité, bien décidée à ne pas laisser Vautrin continuer ses ravages. Elle outrepasse ses prérogatives en décidant que la pendue aura le droit à de vraies funérailles, malgré le suicide, et, bien qu'elle soit une femme et une simple nonne, elle prononce l'oraison funèbre.

— Seigneur, accorde à Geneviève le bonheur que tu réserves à tes fidèles.

La porte de la chapelle s'ouvre brutalement. Vautrin, accompagné de deux fossoyeurs, fonce vers l'autel.

— Vous n'avez pas le droit, ma Mère !

Agnès ignore le prêtre, elle n'a plus aucun respect pour celui qui bafoue l'Église, Vautrin la dégoûte, elle le méprise du plus profond de son être. Elle poursuit l'oraison et insiste sur « l'innocence sacrifiée » de Geneviève. Vautrin s'avance vers l'autel et adopte un ton calme, presque protecteur.

— Vos paroles, ma Mère, n'ont aucune valeur. Je comprends votre peine, mais vous savez très bien que le Très-Haut condamne celles et ceux qui choisissent à sa place l'heure de leur mort.

— Alors, ce n'est pas elle que le Très-Haut condamnera...

Les novices assistent au duel entre leurs deux figures d'autorité. Toutes craignent Vautrin qui se fait menaçant à leur encontre, les foudroie du regard et se lance dans un chantage pervers.

— Si vous restez, vous cautionnez le péché de Geneviève, et aucune de vous ne prononcera ses vœux, pire, vous brûlerez en enfer comme elle ! Ce corps n'a pas sa place dans une église, il doit partir à la fosse commune.

Il fait signe aux deux hommes d'emporter la dépouille. Agnès suit les fossoyeurs, outrepassant encore la règle, elle veut accompagner Geneviève dans son dernier voyage. Elle traverse ainsi tout le cloître jusqu'à la place du village où les fossoyeurs déposent le corps dans une charrette, au-dessus des cadavres de soldats. La charrette s'éloigne. Agnès adresse une prière à Geneviève, elle ne peut rien faire de plus pour elle. Elle est habitée par le désespoir et la rage de faire cesser la toute-puissance et l'impunité de Vautrin. Elle n'a jamais ressenti pareils sentiments haineux auparavant.

Sa foi est mise à rude épreuve : la mort de Lisette et de sa famille, le ballet incessant des blessés, le viol de Geneviève par Vautrin, et puis l'amour impossible avec Till, le péché de chair, le désir qui lui brûle encore le ventre et dont elle ne sait comment se défaire. Elle pense à lui, elle s'inquiète pour lui. Où est-il ? Comment va-t-il ? Dans quel état psychologique est-il ? Pense-t-il à elle ? Elle ne s'est jamais sentie à ce point liée à quelqu'un. Serait-ce cela aimer ? Elle ferme les yeux, l'agitation de la place ne l'atteint pas, elle s'en extrait, et le beau visage de Till s'imprime sur sa rétine.

*

* *

Agnès rentre au couvent. Alors qu'elle se dirige vers la chapelle, la jeune Clarence, un panier de linge à bout de bras, lui fait un signe discret. La mère supérieure la rejoint dans la cour où des uniformes propres de soldat sont étendus. Agnès aide la novice à pendre les draps. Elles restent longtemps dans un silence habité. Agnès pressent ce que la jeune fille s'apprête à lui révéler, mais elle ne la bouscule pas. Elle sait la douleur et la difficulté qu'il y a à libérer cette parole.

— Geneviève m'a dit ce qu'il lui a fait... À moi aussi il a dit que c'était pour Dieu... Je ne savais pas qu'il y en avait d'autres que moi...

Les mots de la petite se remplissent peu à peu de larmes.

— Ça fait deux ans que ça a commencé, je venais d'avoir quinze ans, il me disait que j'étais prête à me donner à lui et à Dieu... Et puis, je pensais que c'était normal et que vous étiez au courant...

Agnès se sent coupable. Elle lui demande de lui pardonner de les avoir laissées entre les mains d'un prédateur. Clarence a pris sa décision, elle va parler, elle veut le dénoncer. Agnès sera là à ses côtés pour ce moment douloureux, rien ne pourra leur arriver, elles seront enfin libérées de Vautrin et de son vice. Et l'honneur du couvent de Saint-Paulin sera lavé.

3

Marguerite est affolée. Alors qu'elle vient de ramener sur le cantonnement des soldats guéris, elle y découvre avec effroi les cadavres des amis de Colin, preuves horribles de la débâcle connue par le régiment la veille. Elle cherche Colin, avec la crainte de trouver son corps parmi les gazés. Soudain, elle l'aperçoit assis sur une charrette, la tête basse, les mains menottées. Elle reconnaît Augustin, l'un des proches de Colin.

— Mais qu'est-ce qui se passe ? Pourquoi emmène-t-on Colin ainsi, comme un prisonnier ?

— Il a frappé notre supérieur, le commandant Delille. Il part pour l'état-major où il va être jugé.

— Mais pourquoi il a fait ça ?

— Pour sauver notre peau ! On s'est retrouvés pris au piège. Il nous a sauvé la vie. Maintenant, il risque le peloton d'exécution !

Augustin raconte comment Delille a abattu froidement Gus en lui tirant dans le dos, comment Colin a outrepassé la règle militaire en s'attaquant à Delille et en donnant l'ordre de battre en retraite. Marguerite est à la fois horrifiée par ce qu'elle vient d'apprendre et fière de son fils. Elle remercie

Augustin pour les informations, remonte vite dans son ambulance et fonce à vive allure sur les routes de campagne vers Saint-Paulin. Elle doit parler à Duvernet avant qu'il ne soit trop tard.

*
* *

Marguerite n'écoute même pas l'ordre du planton quand elle aperçoit Delille sortant de l'état-major, certaine qu'il a déjà exposé sa version des faits. Le soldat lui interdit d'entrer dans le bureau de Duvernet. Elle n'a que faire du garde, force le passage et court dans le couloir de l'ancienne gendarmerie. Duvernet, alerté par le bruit, sort de son bureau.

— Madame de Lancastel ? Mais que vous arrive-t-il ?

— Des soldats ont été arrêtés hier et on m'a dit qu'ils allaient être jugés pour sédition...

— Mais comment êtes-vous au courant ?

— Je le sais, parce que l'un d'eux est mon fils.

Duvernet n'en croit pas ses oreilles. Marguerite tente de contrôler ses émotions. Ses mots se font plus clairs, son message efficace.

— Mon fils s'appelle Colin Régnier, c'était l'ami de votre fils Léon, vous savez.

— Mais ce qu'il a fait est très grave. En contestant les ordres et en frappant son supérieur hiérarchique, il a compromis une mission !

— Son supérieur hiérarchique qui a tiré dans le dos de mômes de vingt ans à peine... Il les envoyait à l'abattoir...

Marguerite poursuit, mais Duvernet ne l'écoute plus, surpris que Delille ait omis de lui communiquer cette information. Il ne tolère pas le mensonge dans ses troupes. Il ne l'avouera pas devant Marguerite, mais il se sent bafoué. Il forcera Delille à revoir son réquisitoire, à plaider pour un déclassement du lieutenant Régnier. Le général pense que le jeune soldat a de la chance d'avoir Marguerite comme mère. Même si elle ne l'a pas élevé, ce qu'elle fait aujourd'hui pour lui rattrape tous les manquements du passé. Par la fenêtre de son bureau, Duvernet regarde discrètement Marguerite s'éloigner dans sa tenue d'ambulancière. Il la trouve belle et forte. Il est impressionné par la puissance de la femme.

*
* *

Colin entre dans le bureau de Duvernet, le visage grave et résigné. Il se prépare à entendre le verdict. Il ne se fait pas d'illusion, il sait qu'il est condamné. Colin fait le salut militaire, le général se lève.

— Lieutenant Régnier, vous avez été reconnu coupable de désobéissance en présence de l'ennemi et d'atteinte à la personne de votre capitaine Maurice Delille. Vous restez en ligne au sein de votre régiment, mais vous êtes dégradé au rang de soldat.

Colin n'en revient pas, il ne comprend pas pourquoi il échappe à l'échafaud. Le général lui parle alors de la démarche de Marguerite. Colin sent la colère monter en lui. De quoi se mêle-t-elle ? A-t-elle usé de ses charmes pour séduire Duvernet ? Il s'emporte malgré son soulagement. Duvernet tente de le calmer en passant au tutoiement parce qu'il était l'ami fidèle de son fils Léon.

— Elle n'est pas une mère parfaite, mais c'est la tienne...

Devant l'état-major, Colin, soulagé mais agacé, voit Marguerite qui l'attend. Qu'espère-t-elle ? Qu'il se jette dans ses bras en l'appelant « Maman » ? Pas question de rattraper le temps perdu, pas question de l'intégrer d'un coup dans sa vie, en pleine guerre, il n'a pas de place pour s'investir émotionnellement.

— Laissez-moi vous oublier.

Marguerite n'essaie pas de le retenir. Elle doit respecter sa décision. Elle lui a donné la vie, elle lui a sauvé la vie, maintenant il faut qu'elle se retire. Mais pour clore ce chapitre, elle doit déverser sa rage au bordel. Elle déboule comme une furie dans l'hôtel, grimpe les marches jusqu'au bureau de Marcel. Le tenancier est en pleine conversation avec Yvonne. Il semble ravi de voir Marguerite, même courroucée. Sa sœur, sentant les problèmes poindre, pose sa main sur l'épaule de son frère qui la repousse violemment.

— Pourquoi t'as fait ça, Marcel ? Pourquoi tu t'es mêlé de mes affaires de famille ? Est-ce que je me mêle des tiennes, de ta relation pourrie avec ta frangine ? T'as brisé la vie d'un môme parce que je ne voulais pas de toi ! Mais t'as pas compris qu'avec moi comme avec une autre tu n'y arriveras pas, tant que ta sorcière de sœur sera là ? Vous formez un vrai petit couple tous les deux ! Tu peux pas baiser parce que ta sœur te rend impuissant à force de t'étouffer !

Marguerite claque la porte. Les filles, qui étaient sorties dans le couloir pour écouter l'esclandre, filent dans leurs chambres. Marcel ne laisse pas à Yvonne le temps de déverser son venin et la plante dans son bureau. De rage, celle-ci se fait la promesse que la rousse ne s'en sortira pas si facilement. Cette femme n'imagine pas de quoi elle est capable, par amour pour son frère et pour sauver sa peau.

Elle reprend ses esprits, s'assure que Marcel a bien quitté les lieux. Sûre d'elle, elle téléphone au gendarme Bernard.

— La drogue… Faut que notre intermédiaire balance la pute rousse, faut qu'il dise que c'est elle qui fournit la came, qu'elle a monté un business avec Caroline Dewitt et qu'elles utilisent les ambulances pour écouler la cocaïne et l'héroïne.

Pour parfaire son plan, elle décide d'utiliser Juliette, qui déteste Marguerite autant qu'elle, pour glisser de fausses preuves dans ses affaires.

4

Madeleine a disparu. Éléonore a beau chercher partout dans la maison, la petite ne répond pas. Parfois, il lui arrive de jouer à cache-cache, mais depuis le départ de sa mère dans la matinée, la fillette s'est murée dans le silence. Éléonore culpabilise de l'avoir arrachée à sa mère, pourtant elle pense que c'est pour son bien, du moins c'est ce qu'elle se répète mentalement pour s'en convaincre. Elle entre sans frapper dans la chambre de Charles, alité mais beaucoup moins affaibli que les derniers jours. Il a l'air satisfait, le départ de Caroline n'est qu'une première étape vers sa victoire.

— Tu as vu Madeleine ?

— Non, pourquoi ? Je devrais ?

Éléonore tient un dessin qu'elle a trouvé sur le lit de Madeleine dont le paysage l'interpelle, une grotte, des fleurs, des arbres. La nonchalance de son fils l'horripile. Il ne sait pas ce que c'est d'élever un enfant, et il n'a absolument pas l'air affecté par l'éventuelle disparition de sa nièce. Il ne fait preuve d'aucune empathie, pas même envers une petite fille. Elle déplore que son fils soit aussi froid et égoïste.

Éléonore se rend alors à l'usine, certaine que les ouvrières savent quelque chose. Germaine, la domestique, l'y rejoint. Elle n'a pas la moindre idée de l'endroit où Madeleine a pu se rendre. Denise, la cheffe des ouvrières, n'est pas prompte à collaborer. Elle déteste encore plus Madame Dewitt depuis que celle-ci a viré Caroline.

— Faut pas s'étonner... Vous n'auriez pas dû lui enlever sa mère !

— Ah, mais c'est clair, vous avez aidé Caroline à enlever Madeleine !

— Comme vous y allez, Madame, je ne sais rien du tout moi, et aucune des ouvrières non plus. Mais si Caroline a récupéré sa fille, ce n'est que justice. La place d'une enfant est avec sa mère, c'est pas humain ce que vous avez fait !

Jean propose d'aller chez les ambulancières, certain que la petite est partie retrouver sa mère. Éléonore préfère rester dans la propriété si jamais Madeleine se décidait à rentrer.

Malheureusement, à la maison des ambulancières, aucune trace de la fillette. Caroline grimpe dans sa voiture, paniquée et en colère après les Dewitt, incapables de prendre soin de Madeleine. Marguerite s'est glissée à ses côtés. Elle sait que Caroline n'a plus que sa fille au monde, elle fera tout pour l'aider à la récupérer. Les autres filles regardent la voiture s'éloigner, inquiètes et peinées pour leur protectrice. Elles lui doivent leur nouvelle vie, le fait d'être enfin libérées des fers de la prostitution, de l'emprise de Marcel et d'Yvonne, et qu'aujourd'hui elles se sentent vraiment utiles et puissantes.

Durant le trajet vers le domaine des Dewitt, elles n'échangent pas un mot, mais Marguerite perçoit les battements de cœur affolés de son amie et son souffle inquiet. Alors que les deux femmes descendent de la voiture, Éléonore court vers elles, inquiète et déçue de ne pas voir Madeleine. Caroline coupe court à toutes les tentatives d'explication de sa belle-mère. Elle repère tout de suite le dessin que la grand-mère tient entre les mains.

— Qu'est-ce que c'est ?

— Un dessin que Madeleine a laissé sur son lit…

Caroline blêmit devant l'impensable. Madeleine est partie à la grotte aux ours, là où des centaines de fleurs éclosent au printemps et où le sol est mousseux à l'automne. Les trois femmes comprennent : le refuge de la fillette se situe en zone allemande. Il n'y a pas de temps à perdre, Caroline et Marguerite s'élancent dans la forêt qui commence à la lisière du jardin.

5

Suzanne étouffe, elle n'arrive pas à se défaire des liens qui enserrent ses poignets et du bâillon qui la muselle. Lucien n'a eu d'autre choix que de la ligoter, il est si près du but. Il a volé un camion d'ambulancière, séquestré Suzanne qu'il sait terrorisée ; du temps de Jeanne, il n'aurait jamais agi de la sorte, la situation a fait de lui un monstre, prêt à tuer pour arriver à ses fins. Qu'adviendra-t-il d'elle ? La camionnette décélère, un vrombissement de camion se rapproche. Lucien coupe le moteur, sort du véhicule, ouvre la portière arrière, retire le bâillon de la jeune femme qui l'implore du regard. Il la rassure, il ne lui fera pas de mal.

Pour Lucien, il est temps de révéler la vérité, il ne pensait pas en arriver là. Il sort une photo de sa poche, la main tremblante, il la tend à Suzanne.

— C'est Claudine, ma fille. Ça fait dix jours qu'elle est entre les mains des services secrets allemands… Avant, j'étais un homme bien, un bon patriote, un vrai, je travaillais au troisième bureau du renseignement. Avec Jeanne, on a fourni une grande partie du renseignement de la frontière est. Notre duo fonctionnait tellement bien qu'on nous a fabriqué une fausse identité de couple. C'était une femme épatante, courageuse, féministe... Elle militait pour le droit de vote des femmes. Avant le début de la guerre, c'était bien enclenché. Jeanne me parlait beaucoup des suffragettes anglaises, elle se mobilisait pour l'accès au suffrage politique des femmes. Elle était un peu idéaliste, mais elle m'a ouvert les yeux sur les inégalités flagrantes entre les hommes et les femmes. Nous avions des débats vifs et instructifs...

Suzanne découvre un autre Lucien, cultivé, engagé, courageux. Elle l'incite à poursuivre son récit.

— Quelqu'un m'a balancé. Les Allemands ont débarqué chez moi, ils ont abattu ma femme, et enlevé ma fille. Si je ne leur livre pas des infos sur la prochaine offensive française, je ne reverrai jamais Claudine. Vous comprenez mieux, maintenant ?

Suzanne est choquée. L'homme qu'elle pensait cruel, froid et violent fait l'objet d'un chantage atroce. Malgré ses blessures, ses vifs maux de tête, il brave tous les dangers pour sauver sa fille. Elle va l'aider comme elle le peut. Elle songe à cette Jeanne Charrier qu'elle a si peu connue, prête à tout pour son pays et pour défendre la cause des femmes, jusqu'à la protéger elle, l'avorteuse.

Lucien est soulagé d'avoir confié sa douloureuse histoire à quelqu'un. Jeanne a mis Suzanne sur son chemin. Elle en a perdu la vie, mais elle s'est sacrifiée pour une belle âme, une femme tenace et de conviction. Il s'en veut presque de la malmener depuis des jours, après tout elle en a bien bavé elle aussi. Il a honte de devoir collaborer avec l'ennemi, il a beau retourner ça dans tous les sens, il ne voit pas d'autre solution, lui le patriote, lui qui s'est rendu plusieurs fois en Belgique et en Suisse avec Jeanne, le plus souvent pour recruter des agents de l'autre côté de la frontière, il adorait ça, la montée d'adrénaline quand ils partaient en mission. Et Jeanne était une si bonne camarade. C'était un honneur de marcher à son bras lorsqu'il s'agissait de jouer les amoureux. Elle lui plaisait évidemment, mais Jeanne n'était jamais dans la séduction, elle disait qu'elle ne mélangeait jamais boulot et badinage, et lui n'avait jamais trompé Éliane, son épouse douce et dévouée qui ne posait aucune question sur ses activités secrètes. Pauvre Éliane, morte d'une balle dans la tête, sous les yeux de Claudine. Lucien est devant un casse-tête insoluble, comment venger Éliane tout en sauvant Claudine ?

C'est aujourd'hui que les Allemands doivent lui rendre Claudine, mais il ne faut pas que Suzanne se méprenne, il n'est pas un espion, il ne va rien leur donner en échange, il aime trop sa patrie, il a besoin d'elle une dernière fois. Il a un plan : son rôle à elle sera de réceptionner Claudine et de quitter les lieux le plus vite possible. Elle n'a pas à s'en faire pour lui, il ne dira rien, le reste ne la regarde pas, elle doit juste lui faire la promesse de dire à Claudine que son père n'est pas un traître, que tout ce qu'il a fait, c'était pour elle. Le camion allemand s'arrête à une cinquantaine de mètres d'eux, Suzanne ne réalise pas très bien ce qui se passe. Lucien lui laisse son arme et s'avance vers son destin. Elle reconnaît le même officier allemand accompagné de ses deux sbires.

— Je t'écoute Lucien…

— Ma fille d'abord !

Curieusement, l'officier acquiesce.

Claudine sort du camion. Elle est pâle, les traits tirés, mais visiblement en bonne santé.

— Papa !

— Tout va bien se terminer ma belle, reste où tu es, c'est bientôt fini, je te le promets.

— À toi maintenant, dis-nous tout ce que tu sais !

— L'armée française attend d'importants renforts de troupes et d'armes surtout, pour une grande offensive.

— Je le sais déjà... Je veux des détails !

— Ce sera dans quatre jours.

— Je veux tout savoir sur l'opération.

— Attends, j'ai tout ça...

Lucien cherche dans la poche intérieure de son blouson, Karl se méfie et ordonne à l'un de ses soldats de le fouiller. Il s'exécute, lui palpe le dos. Lucien garde son sang-froid et récupère discrètement une grenade dissimulée dans sa manche, la dégoupille et la colle sur le front de l'officier. Les soldats mettent en joue Lucien qui exige qu'on lui rende sa fille sinon il fera péter la cervelle de leur chef. L'officier ordonne en allemand de la relâcher. Claudine court vers son père.

— Attends-moi dans le camion, ma chérie, j'arrive !

L'adolescente hésite, elle a peur pour son père. Finalement, elle fonce vers le camion où Suzanne l'attend, recroquevillée sous le volant. Elle lui fait signe de ne pas broncher. Lucien tient l'officier allemand par le col, la grenade est toujours collée à son front.

— Je ne comprends pas comment tu comptes t'en sortir, Lucien. Soit on meurt, soit tu meurs !

— Ils vont t'abattre, pas vrai ?

— Et toi avec.

Lucien regarde la camionnette, il sait qu'il n'a pas d'autre issue que de mourir, il a sauvé sa fille, c'est tout ce qui compte. Il fait un signe de tête à Claudine qui comprend. Suzanne prend place au volant et démarre. Désespérée, Claudine tente d'ouvrir la portière, elle ne peut pas laisser son père à son triste sort. Elle hurle « Papa ! » Suzanne accélère, l'adolescente, dévastée de chagrin, se rassoit. L'officier comprend qu'il s'est fait avoir et donne l'ordre de tirer sur Lucien qui n'a pas le temps de lancer la grenade au sol. Karl et Lucien s'écroulent. Claudine n'aura pas pu serrer son père une dernière fois dans ses bras.

La jeune fille ne verse aucune larme durant le trajet vers le couvent, plongée dans un état de sidération. Elle se sent perdue, désorientée. Une orpheline parmi tant d'autres dans l'enfer de la guerre. Suzanne a de la peine pour Lucien, même si au fond d'elle-même elle convient que l'issue ne pouvait être que fatale. Elle honorera sa promesse, elle ne salira pas sa mémoire et confiera la jeune fille aux bons soins de mère Agnès et des novices.

Agnès les réceptionne dès leur arrivée au couvent. Suzanne lui explique qui est Claudine sans donner plus de détails. La religieuse est tendue. Elle l'informe que les novices ont trouvé Joseph dans un bain de sang. Suzanne confie Claudine à Agnès et fonce en salle d'opération. Horrifiée, elle y découvre l'homme qu'elle aime luttant contre la mort. Elle demande qu'on aille chercher le docteur Bruand, toute seule elle ne le sauvera pas. Elle nettoie la blessure avec des compresses, le sang a commencé à coaguler. La plaie est profonde, le couteau peut avoir touché une artère ou le foie. Suzanne ordonne à Bruand d'ouvrir davantage. Le médecin panique. Il n'a jamais fait ça auparavant, il n'est pas chirurgien. Joseph ose dans un faible filet de voix :

— Vous ferez ça très bien…

— Je ne sais pas faire ça, Docteur. Je suis un simple médecin de campagne, désolé…

— Je ne m'adressais pas à vous, Bruand… mais à elle…

Suzanne est fière, Joseph lui fait confiance. Il l'estime professionnellement au point de remettre sa vie entre ses mains.

La porte s'ouvre au moment où elle lui administre une dose légère de morphine afin qu'il puisse demeurer conscient pour lui donner des directives. Le général Duvernet entre et s'étonne de voir une simple infirmière opérer son fils. Joseph, dans les vapes, tente de le rassurer en lui affirmant qu'elle est compétente. Le général sort de la pièce. Il a déjà perdu un fils à la guerre, il ne pourra pas supporter de voir mourir son aîné. Avec l'aide de Bruand, Suzanne réussit à enrayer l'hémorragie en suturant une veine avec des gestes précis.

— Quand ce sera fini, épongez et… vérifiez mon foie…

Joseph peine à terminer ses phrases, tant la douleur l'éprouve. Suzanne, qui ne repère aucune lésion, finit de suturer et lui donne une plus grosse dose de morphine afin d'apaiser ses souffrances.

— Bruand, laissez-nous maintenant, merci… Jeanne…

— Je ne m'appelle pas Jeanne Charrier, mais Suzanne Faure…

Qu'importe que cette femme se nomme Jeanne ou Suzanne, pense Joseph avant de plonger dans un état de somnolence, il l'aime sans condition.

6

La lumière du jour baisse, la forêt se fait de moins en moins dense. La progression de Caroline et Marguerite est hasardeuse. Elles avancent presque à tâtons. Elles approchent d'une clairière et distinguent enfin des rochers, et au pied des arbres un tapis mousseux qui au printemps doit accueillir des fleurs violettes. Elles reconnaissent le dessin : il s'agit bien de ce que la fillette nomme « la grotte aux ours ». Caroline appelle Madeleine, d'abord doucement, craignant la présence de soldats allemands, puis, oubliant le danger, elle se met à crier le prénom de sa fille. En vain. Les deux femmes cherchent derrière chaque rocher, puis se dirigent vers une cavité plus profonde, et, soulagées, découvrent enfin la petite fille blottie contre sa poupée, les yeux apeurés.

— Maman, je te cherchais partout !

— Mais pourquoi ici, ma chérie ?

— C'est tonton Charles...

— Quoi tonton Charles ?

— Il m'a dit que tu m'attendais à la grotte aux ours, moi je l'ai cru.

Charles est un monstre au point d'envoyer sa nièce courir le plus grand des dangers. Marguerite s'est un peu éloignée, ne voulant pas s'immiscer dans ce moment de retrouvailles. Adossée au tronc d'un arbre, elle reprend son souffle et s'émerveille de la beauté d'un paysage qui fait oublier la mort qui rôde et les drames des derniers jours. Sa contemplation est interrompue par un bruit de pas qui se rapprochent. Avec effroi, elle distingue les casques de quatre soldats allemands. Elle court vers Caroline et Madeleine, et toutes trois s'enfoncent dans la cavité pour se cacher. La fillette sanglote. Caroline lui fait signe de faire silence. Elles avancent vers le fond de la grotte et repèrent un cercle de lumière au bout d'un tunnel rocheux. La sortie est proche. D'un simple échange de regards, elles décident de la tenter. Marguerite ouvre la voie. Le soulagement est bref, des soldats sont au fond de la grotte. Elles rebroussent chemin, se terrent dans un recoin, certaines de vivre leurs derniers instants. Caroline sent le cœur de sa fille battre très vite. Elle regarde Marguerite avec tendresse. Si elle doit mourir maintenant, elle se dit qu'elle sera entourée des deux personnes qu'elle chérit le plus au monde. Elle pense à Victor aussi, lui demande pardon d'aimer ainsi Marguerite, ce qui n'enlève rien à son amour pour lui. Elles entendent les voix basses des soldats, puis les pas d'un homme qui s'approche. Il s'arrête devant elles, tétanisé devant le spectacle de ces deux femmes terrorisées et cette fillette au visage baigné de larmes. La voix d'un autre soldat resté à l'extérieur se fait insistante. Le jeune Allemand demeure silencieux pendant quelques minutes qui semblent pour tout le monde une éternité. Il finit par répondre :

— *Da ist gar nichts*[1]...

Ni Caroline ni Marguerite ne comprennent l'allemand, mais saisissent à l'intonation de la voix et à la douceur du visage du soldat qu'il ne leur fera pas de mal. L'homme leur lance un dernier regard, un léger sourire s'esquisse sur ses lèvres. Il s'éloigne, leur laissant la vie sauve. Elles attendent, entre stupéfaction et soulagement. Le destin leur a fait une immense fleur. Elles se font la promesse tacite de savourer chacun des moments qu'elles vont pouvoir vivre grâce à lui.

*
* *

Depuis la fenêtre de sa chambre, Charles n'en croit pas ses yeux. Caroline et la grande rousse ont retrouvé la petite. Il est certain que Madeleine a tout raconté à sa mère, il faut qu'il prépare sa défense, qu'il invente un nouveau mensonge.

Éléonore implore Caroline de ne pas lui enlever sa petite-fille et lui propose même de rester, d'oublier ce qu'elle lui a dit sur ses mœurs dissolues passées. Éléonore la rassure, elle est ici chez elle et pourra y mener la vie qu'elle veut. Caroline reste froide. Elle ne veut plus entendre parler des Dewitt. Sans Victor, elle n'a aucune raison de rester. Mais Éléonore insiste.

— Éléonore, je vous dis que c'est terminé, tout est allé trop loin ! C'est Charles qui a dit à Madeleine

1. Il n'y a rien du tout.

de se rendre à la grotte aux ours, vous vous rendez compte de quoi est capable votre fils !

Caroline confie Madeleine à Marguerite, le temps d'aller chercher les affaires de la petite. Elle ne prend même pas la peine d'aller régler son compte à Charles, son mépris et son ignorance seront sa meilleure arme. Il ne mérite pas qu'elle lui adresse la parole. Il ne mérite même pas sa haine. Elle descend dans le hall d'entrée et découvre deux gendarmes prêts à s'en prendre à Marguerite.

— Marguerite de Lancastel, vous êtes en état d'arrestation, pour avoir mis la vie de nos soldats en danger et compromis l'intégrité de l'armée française.

— Pardon ? J'ai fait quoi, moi ?

— On a retrouvé de la drogue dans vos affaires à la maison des ambulancières…

Le gendarme lui passe les menottes, elle se débat et crie qu'il y a erreur. Caroline s'interpose, le militaire la menotte également, Éléonore et Madeleine sont éberluées, personne ne comprend rien à la situation.

— Vous aussi vous êtes en état d'arrestation, Madame Dewitt. Vous transportez des stupéfiants dans vos ambulances pour les acheminer sur le front, c'est honteux !

Les deux gendarmes emmènent sans ménagement Caroline et Marguerite. Caroline hurle à sa belle-mère :

— Je ne veux pas que Charles s'approche de ma fille, Éléonore vous m'entendez ?! Il est dangereux, Charles a voulu tuer Madeleine !

7

Dans la cellule, les deux femmes sont silencieuses. Caroline a bien essayé de clamer leur innocence aux gendarmes, rien n'y fait. Ils sont persuadés de leur culpabilité. Ce ne sont que des prostituées, alors elles peuvent bien être trafiquantes de drogue, souvent ça va avec. Marguerite, quant à elle, s'est étonnamment résignée. Elle est persuadée que c'est un coup de Marcel. Caroline, pour sa part, penche pour son beau-frère. Marguerite a tout loisir d'admirer Caroline. Être enfermée la rend dingue, mais elle profite de la situation. Partager du temps avec Caroline, se serrer contre elle, passer une nuit avec elle, même dans une cellule pourrie, elle n'aurait jamais pensé revivre ça un jour. Il est tard, aucune d'elles ne trouve le sommeil. Elles sont adossées au mur moisi de la prison, elles sentent l'humidité s'immiscer dans leur peau. Caroline pose sa tête sur l'épaule réconfortante de Marguerite. Elle se sent vidée, désespérée de ne plus jamais revoir sa fille, et inquiète pour elle aussi. Quelle enfance la vie cruelle réserve-t-elle à Madeleine ? Orpheline de père, privée de la tendresse d'une mère. Éléonore sera-t-elle à la hauteur pour offrir un doux quotidien à la petite fille ? Rien n'est moins sûr. Elle ferme les yeux quand les souvenirs des jours heureux l'assaillent : les éclats de rire de Madeleine faisant ses premiers pas dans leur jardin, Victor toujours calme et doux s'émerveillant des progrès de leur fille, les balades en forêt pour cueillir les champignons à l'automne, dans les champs pour confectionner des bouquets de fleurs sauvages au printemps. Elle s'assoupit sur ses délicieux moments tandis que Marguerite demeure éveillée, songeant à ce fils qu'elle ne pourra jamais connaître vraiment. Elle se réconforte en pensant à la chance qu'elle a eue de le retrouver, de lui parler, de le toucher, même s'il l'a rejetée. Elle ne regrette rien de sa démarche. Tout à coup, elle ne peut se résoudre à abandonner, à se laisser condamner pour des faits qu'elle n'a pas commis. Elle sait qu'elle risque l'échafaud. Elle se met alors à hurler de rage, sortant Caroline de son demi-sommeil. Alerté, le gendarme Bernard finit par lui demander de se calmer. Elle exige de voir le général Duvernet. Lui la croira, elle en a la certitude. Bernard balaie sa requête d'une repartie cinglante :

— Tu te prends pour qui ? Tu crois que le général il en a quelque chose à foutre d'une pute comme toi ?

Marguerite a la haine, elle ne supporte plus le dédain des hommes, leur violence et leur mépris à l'encontre des prostituées dont ils se repaissent quand bon leur semble. Que ce soit Marcel ou Charles, ce sont des hommes qui ont causé leur perte. Plus que jamais, elle éprouve un profond dégoût des hommes. Si elle s'en sort, elle se fait la promesse de ne plus jamais rien avoir à faire avec eux, et de reconquérir Caroline, de prendre soin d'elle et de Madeleine, sa nouvelle famille.

*
* *

Suzanne n'a pas lâché la main de Joseph de tout l'après-midi. Elle le veille, une manière de rattraper le temps perdu, être tout le temps avec lui. Quand elle lui a annoncé sa véritable identité, il était sous morphine. Suzanne n'est pas certaine qu'il ait tout compris. Elle évite de penser à la suite, elle est là à son chevet, son rôle étant pour le moment de lui donner de l'affection et du réconfort, et de surveiller son état de santé. Les autres blessés dorment paisiblement, c'est une soirée calme.

Agnès entre dans la salle et vérifie que chaque lit est bien bordé et chaque homme apaisé. Elle est touchée par le spectacle de Suzanne auprès de Joseph, la jeune femme caressant le front de l'homme qu'elle aime. Agnès pense à Till, à ses mains parcourant son corps, à sa bouche contre la sienne, à son souffle plein de désir. Elle rêve de le revoir ne serait-ce qu'une heure. Suzanne se rend compte de la présence de la religieuse, elle lui sourit, plus que jamais complice.

— Comment va Claudine ?

— Elle s'est endormie, tout va bien. Demain, elle ira à l'orphelinat de Nancy, elle y sera entre de bonnes mains, loin d'ici et de ce qui pourra lui rappeler le calvaire qu'elle a vécu.

— Merci, Agnès.

— Suzanne, je suis venue vous dire au revoir. J'ai appelé l'archevêque, il viendra demain, et c'en sera fini pour Vautrin, quant à moi…

— Vous le rejoignez ?

— Oui, l'amour pour un homme n'est pas un crime, vous aviez raison Suzanne.

Malgré les convenances, Suzanne prend Agnès dans ses bras, émue par tous les bouleversements que la religieuse traverse. Joseph se met à bouger, il s'éveille, puis s'exprime avec une voix douce et amoureuse :

— Mademoiselle Faure, vous m'avez sauvé la vie...

Il l'appelle par son vrai nom, Suzanne est rassurée, il ne lui en veut pas de lui avoir caché tout ce temps la vérité.

— Vous allez devenir une très grande chirurgienne, peut-être même meilleure que moi, je suis tellement fier de vous.

Le sourire de Joseph est empêché par la douleur. Suzanne n'hésite pas un seul instant, elle se penche et l'embrasse avec une tendresse infinie. Agnès les laisse vivre leur amour et regagne sa cellule, persuadée que le couvent sera bientôt libéré des agissements de Vautrin. Après, elle pourra tourner la page et commencer sa nouvelle vie.

*

* *

Juliette erre dans les rues de Saint-Paulin. Elle s'est fait renvoyer de la maison des ambulancières. Certaines d'entre elles l'ayant vue parler avec Yvonne ont compris qu'elle était pour quelque chose dans l'arrestation de Marguerite. Elle seule a pu déposer le sac de drogue dans les affaires de la rousse. Elle n'a plus qu'une solution : retourner au bordel. Après ce qu'elle a fait pour lui, Marcel va la reprendre dans sa vie, malgré sa maladie, elle en est certaine, et puis Yvonne lui a promis. Elle entre dans le bordel, ne prend pas le temps de saluer ses anciennes collègues et fonce vers Yvonne.

— Les filles, elles ont pigé pour la drogue, elles m'ont pris la tête, je ne peux plus rester là-bas, mais t'inquiète pas, elles diront rien, elles ont trop peur de Marcel…

Marcel sort de son bureau, agacé de voir Juliette. Il ne supporte plus les femmes qui mendient de l'amour, il trouve ça pathétique. Juliette raconte tout ce qu'elle a fait pour lui, à la demande d'Yvonne. Elle lui apprend que Marguerite est en prison avec Caroline Dewitt, que tout ça, c'est grâce à elle.

Marcel fixe sa sœur avec dureté, ne dit rien, mais comprend ce qu'elle a manigancé. Il s'en prend à Juliette, l'insulte et la chasse avec des mots très durs :

— Tu n'es rien Juliette, rien qu'une petite paysanne bonne à écarter les jambes à toute occasion.

Yvonne ne prend à aucun moment la défense de la jeune fille, alors Juliette sait ce qui lui reste à faire. Le frère et la sœur ne s'en tireront pas comme ça. Ils l'ont utilisée, ils devront payer. Elle n'a plus rien à perdre, la syphilis va la ronger. Elle ne sait pas combien de temps il lui reste à vivre, alors sa décision est prise, Marcel et Yvonne doivent tomber. Elle ira les balancer aux gendarmes. Il ne lui reste plus que la haine, le dégoût de son propre corps et de la nature humaine.

*

* *

Joseph est au plus mal. Devant l'impossibilité de le réveiller, Suzanne, tenaillée par l'inquiétude, comprend ce qui se passe. Joseph a perdu trop de sang, il est en danger. Son pouls est au plus bas, il s'affaiblit de minute en minute. Il n'y a plus qu'une solution : pratiquer une transfusion. Agnès, à ses côtés, ne sait pas de quoi il s'agit. Suzanne lui demande d'aller réveiller le général, lui seul peut avoir le sang le plus compatible avec celui de son fils. Il ne faut pas perdre de temps. Suzanne murmure à l'oreille de Joseph qu'il doit tenir bon, s'accrocher, elle a besoin de sa volonté pour le sauver. Elle mettra tout son amour et son assurance professionnelle dans cette nouvelle intervention. Soudain, la porte s'ouvre, il s'agit du policier Compoing. La photo dans le journal a fini par le faire revenir à Saint-Paulin. Il la menace de son arme.

— Suzanne Faure. Suivez-moi, maintenant, la cavale a assez duré.

— Cet homme est entre la vie et la mort, il a besoin d'une transfusion, s'il vous plaît, laissez-moi aller au bout, après je vous suivrai.

— Parce que vous êtes médecin maintenant ?

Agnès entre avec le général et s'étonne de la présence du flic.

— Qu'est-ce qui se passe ici ? Comment va mon fils ?

— J'ai besoin de vous, Général, de votre sang. Il faut lui faire une transfusion, sans quoi nous allons le perdre.

— Je vous ai fait confiance pour opérer mon fils, vu son état j'ai eu tort…

— Général, cette femme est en arrestation pour avortement clandestin, usurpation d'identité et meurtre… Elle a tué ma femme ! Ne mettez pas la vie de votre fils entre ses mains !

— Je vous l'ai dit, soit Joseph reçoit votre sang maintenant et il s'en sort, soit il meurt. Et ne vous inquiétez pas, Compoing, je me rendrai ensuite, vous avez ma parole.

Agnès pose une main sur l'épaule de Duvernet et l'implore de faire confiance à Suzanne, que son propre fils admire professionnellement. Il ne doit pas douter une seconde.

— Laissez-la s'occuper de mon fils !

Agnès sort avec Compoing, tandis que Suzanne s'active auprès du père et du fils, convaincue que les liens du sang sauveront Joseph.

La religieuse observe le flic faire les cent pas en enchaînant cigarette sur cigarette. Il faut qu'elle sauve Suzanne, elle lui doit tellement ! Suzanne est une bonne âme, une âme pure avec un cœur pur, capable d'un courage hors norme. La France a besoin de ce genre de combattante du quotidien, une femme médecin, promise à un bel avenir de chirurgienne. On tombe rarement sur une perle pareille. Elle se dirige vers Compoing, bien décidée à le convaincre de laisser Suzanne libre.

— Pas question, c'est une avorteuse, vous ne pouvez pas cautionner ça, ma Mère ! À cause d'elle, ma femme est morte, comment pouvez-vous la défendre ?

— Je partageais votre opinion il y a peu, mais j'ai compris, dans la douleur aussi, que les dogmes, les règles… On peut s'en affranchir. Renoncez à votre vengeance et laissez cette femme faire ce pour quoi elle est faite : sauver des vies.

Au bout de deux heures, Duvernet sort enfin de la salle, Joseph a ouvert les yeux, il est tiré d'affaire.

— Monsieur Compoing, j'ai besoin que Mademoiselle Faure reste au chevet de mon fils, au moins cette nuit.

Compoing n'a pas d'autre choix que de les laisser. Peut-être que la religieuse n'a pas tort. Suzanne sort de la salle et prend le policier à part. Elle murmure afin que personne n'entende.

— Votre femme… C'était la grossesse de trop. Elle ne pouvait pas avoir un sixième enfant. Elle est morte d'une hémorragie interne, je n'ai rien pu faire, c'était fulgurant. Si les femmes dans le même état qu'elle pouvaient se faire soigner à l'hôpital, des drames pareils n'arriveraient pas. Je suis désolée, sincèrement. Pour vous, pour vos enfants, et je comprends votre haine…

L'émotion gagne l'inspecteur. Il n'a pas encore pleuré la mort de sa femme. Il ne pleure jamais d'ailleurs, son métier, sa virilité le lui interdisent. La colère glisse le long de ses joues. Et avec elle, sa soif de vengeance enfin étanchée.

— Restez ici, restez dans cet hôpital. Ils ont besoin de vous.

8

22 septembre 1914

Les cloches sonnent les laudes. Les sœurs sortent du réfectoire lorsque la silhouette imposante de l'archevêque s'avance au bout du couloir, accompagnée de deux émissaires. Les sœurs sont impressionnées. Agnès est surprise, elle ne l'attendait pas si tôt. Alors qu'elle le conduit dans son bureau, les novices sont inquiètes. La mère supérieure expose les faits dont s'est rendu coupable l'abbé Vautrin. L'archevêque écoute, ne laissant transparaître aucune compassion.

— Ma Mère, êtes-vous familière... des sciences statistiques ?

— Monseigneur... Je ne vois pas où vous voulez en venir.

— Sur cent personnes à qui l'on demande d'effectuer une tâche, combien s'en acquitteront correctement ? Combien dévieront ?

— Vous voulez dire que l'Église accepte qu'une minorité d'hommes commettent des viols !

— La déviance est un impondérable, mais il ne faut pas qu'elle écorne l'image de l'Église tout entière. L'abbé Vautrin a une excellente réputation parmi les paroissiens, et sœur Clarence va être transférée aujourd'hui dans un autre couvent.

— Vous êtes venu non pas à ma demande, mais parce que Vautrin vous a appelé…

— Des bruits terriblement insultants courent sur vous, mère Agnès… Je n'aimerais pas faire appel à un médecin pour constater la faute que vous avez commise…

L'archevêque déploie son grand corps, se lève et part sans adresser un mot de plus à la religieuse, dégoûtée et honteuse d'appartenir à une Église qui couvre les monstres et les prédateurs, une Église pleine de mensonges et de vices. Elle sort de son bureau, une boule au ventre la saisit. Elle aperçoit Clarence quittant le couvent avec une petite valise, escortée par les deux émissaires. Les deux femmes échangent un regard désespéré, plein de rancœur à l'encontre des hommes et de ce qu'ils sont prêts à taire pour asseoir leur domination. Agnès pensait ne plus avoir d'avenir au couvent, mais surtout pouvoir obtenir justice avant de partir. En colère, elle fonce vers la chapelle et y trouve Vautrin occupé à allumer des cierges.

— Vous avez besoin de quelque chose, ma Mère ?

— Je ne peux pas vous laisser en paix, vous êtes abject Vautrin ! Je vais rester au service de l'Église, et où que vous soyez, je vous traquerai et vous empêcherai, vous et les monstres comme vous, de commettre vos actes immondes. Peu importe les menaces proférées à mon encontre, je serai votre pire ennemi Vautrin, pire que votre conscience. Ce combat est désormais le sens de mon existence.

Moi aussi je suis une combattante. Je combats pour la vérité.

Vautrin baisse les yeux. Elle ne le lâchera pas, sa détermination est sans faille, celle d'une femme résolument libre. Cette fois, la proie, c'est lui.

9

La nouvelle est tombée au petit matin, une offensive allemande sur le village de Saint-Paulin est proche. Au lieu de divulguer des éléments à l'ennemi, Lucien avait laissé des informations au général Duvernet. Au lieu d'un repli, les ennemis ont encerclé la zone. Les habitants doivent prendre la route de l'exil sans attendre. Yvonne termine ses valises, il faut se hâter. Pour parfaire le tout, Bernard les a prévenus que Juliette les a balancés au sujet de la drogue. Marcel risque d'être arrêté. Celui-ci accuse le coup sans broncher. Il traverse l'étage des chambres, les dernières prostituées sont prêtes à quitter les lieux. Sans même leur adresser un regard, il entre dans la chambre de sa sœur et veille à refermer la porte derrière lui. Yvonne s'étonne que son frère ne soit pas prêt à partir. Elle lui ordonne de se dépêcher.

— Elle a raison Marguerite. T'as foutu ma vie en l'air, Yvonne...

— C'est vraiment pas le moment Marcel, tout le monde se barre...

Marcel est désespéré, il aime sa sœur autant qu'il la déteste. Il s'approche d'elle, penche sa tête vers elle, regarde une dernière fois son visage. Elle a l'impression qu'il va l'embrasser, mais comprend dans son regard plein de tristesse et de haine ce qui va se passer. Elle recule, il pose ses mains sur son cou, serre de toutes ses forces. Dans un dernier souffle, elle tente de lui dire quelque chose, il entend « Mais je t'aime mon Marcel, je t'aime plus que tout... », puis plus rien. Elle s'écroule. Il ouvre la porte, les gendarmes sont déjà là. Il pose ses mains sur la tête et se rend avec une facilité déconcertante. On vient l'arrêter mais pour la première fois de sa vie, il se sent libre, incroyablement libre.

*

* *

Caroline et Marguerite sont réveillées depuis l'aube. Elles ont entendu l'agitation dans la gendarmerie et comprennent qu'un danger approche. Elles n'espèrent plus rien, simplement que leurs enfants respectifs, bien trop jeunes pour mourir, s'en sortent. Un bruit de clés les surprend. Bernard les informe du bout des lèvres qu'elles sont libres, toutes les charges contre elles ayant été levées. Incrédules, elles sortent de la cellule main dans la main et croisent Juliette, menottée.

— Je suis condamnée de toute façon... Pour ce qu'il me reste à vivre... T'avais raison Marguerite, faut jamais s'attacher aux macs.

Marguerite est touchée, elle ne connaît que trop le désespoir de Juliette. Malgré tout, elle lui pardonne et lui caresse doucement la joue, comme une mère le ferait sur le visage de sa fille coupable d'une grosse bêtise.

La place du village fourmille d'agitation. Les soldats courent, des camions démarrent, les ambulancières manœuvrent entre les charrettes pleines de valises et les piétons encombrés de baluchons. Le général Duvernet confirme aux deux femmes que Saint-Paulin peut tomber à tout moment. Il conseille à Caroline de foncer à la propriété, toute proche du front, et de fuir avec sa famille. Marguerite se fige, Caroline lui fait comprendre qu'elle peut la suivre. Elle hésite un instant, l'éventualité de vivre aux côtés de Caroline la tente, pourtant elle ne bouge pas.

— Je n'irai nulle part. Pas question que je m'éloigne de mon fils.

— Je t'en prie ma belle, fais attention à toi... Je t'...

Marguerite s'éloigne déjà vers les camions des ambulancières, décidée à ne pas entendre cet aveu qui va la faire vaciller.

Caroline arrive au domaine des Dewitt. Madeleine se réfugie dans les bras de sa mère. Sentir le corps de la petite fille contre le sien lui procure un bien-être fou et lui donne la force d'affronter sa belle-mère.

— Éléonore, je ne veux plus être séparée de ma fille. Quoi que vous pensiez de moi, ma fille et la mémoire de Victor, c'est toute ma vie...

— Nous partons nous installer chez ma sœur en Touraine, vous venez évidemment avec nous, Caroline. J'ai passé toute ma vie ici, mon père a construit tout ça... Il y a toujours eu un ou une Dewitt sur ce domaine.

— Nous reviendrons, je vous le promets, Éléonore.

Madeleine court chercher la poupée que son père lui a offerte. Les deux femmes la regardent avec émotion. Caroline propose de prendre l'une des ambulances et de déposer les ouvrières et leurs enfants au couvent pour y être en sécurité. Un couvent-hôpital, l'ennemi ne devrait pas l'attaquer. Éléonore et Madeleine partiront en voiture avec Jean et Germaine.

— Il faut que j'aille voir Charles, il est retranché dans l'usine. Jean m'a dit qu'il a bu et qu'il fait du grabuge. Je vais lui demander de rentrer à Paris. Après ce qu'il nous a fait, je ne peux pas l'emmener. Même s'il est encore mon fils.

Éléonore entre dans une usine déserte et silencieuse. Elle monte jusqu'au bureau. Charles n'est pas là, mais les lieux ont été mis à sac, les plans des ambulances dessinés par Caroline ont été déchirés, les cahiers de comptes jonchent le sol recouvert de bouts de verre et de bouteilles d'alcool vides. Au milieu de la pièce, Éléonore ramasse une photo encadrée de Victor, Caroline et Madeleine posant devant l'usine. Le cadre a été brisé. Elle passe sa main pour enlever la poussière sur le visage de Victor, presse la photo contre sa poitrine, puis la glisse dans la doublure de son manteau.

Elle sort de l'usine en appelant Charles, monte jusqu'à sa chambre. En vain. Charles, caché derrière un arbre, serre un fusil. Il regarde sa mère s'éloigner et grimper à contrecœur dans la voiture. L'ambulance et la voiture quittent le domaine. Charles, le mal aimé, entend déjà les voix des Allemands qui se rapprochent. Une vingtaine d'hommes venus de la forêt pénètrent dans la propriété. Une folie naissante s'empare de Charles. Bravant le danger, il sort de sa cachette, son arme en l'air et pointe le fusil sur les ennemis, tire trois coups en rugissant comme un fauve, puis s'écroule sous les balles allemandes.

*
* *

Joseph est encore faible, mais il n'a pas d'autre choix que de reprendre le travail. Avec Suzanne à ses côtés, il se sent puissant ; la tâche va être immense, les blessés vont affluer comme jamais auparavant. Il convoque l'ensemble des novices, brancardiers et ambulancières pour donner ses indications et motiver les troupes. Les détonations sont fortes, les explosions se rapprochent. Les sœurs sortent devant le couvent et assistent au pilonnage de la colline la plus proche, juste au-dessus du village. Elles accueillent les ouvrières et leurs familles, qui entrent se réfugier dans l'hôpital. Un sentiment de gravité règne ici, c'est la fin des certitudes. Personne ne sait de quoi demain sera fait. Suzanne s'approche de Joseph, lui effleure la main, il se retourne et l'embrasse sans se cacher. Les heures prochaines seront sombres, mais leur amour peut se vivre au grand jour, enfin.

ÉPILOGUE

Printemps 1919

Les premiers rayons de soleil printaniers enrobent le Sacré-Cœur d'une douce lumière. L'église est enfin terminée et sera consacrée au mois d'octobre, seuls restent quelques échafaudages sur la façade. Caroline pense à leur « église à la Chantilly », à elle et à Marguerite. Avant de rentrer à Saint-Paulin pour reprendre l'usine Dewitt qui continuera à produire des ambulances dans le civil, Caroline a tenu à faire visiter Paris à Éléonore et Madeleine. Elles ont passé toute la guerre en Touraine, à l'abri. Là-bas, elles recevaient des nouvelles des ambulancières, qui jusqu'au bout ont continué à participer à l'effort de guerre. À l'armistice, une seule manquait à l'appel. Marguerite. Pendant quatre ans, Caroline a espéré la revoir, et puis, un jour de 1918, peu après le cessez-le-feu, elle a reçu la visite de Colin.

Le jeune homme avait été blessé à l'épaule lors de l'offensive de Saint-Paulin. Une fois soigné, il avait très vite pu retourner au front, le courage et la volonté raffermis par le souvenir de sa mère. Jusqu'au bout, Marguerite avait voulu être aux côtés de son fils, bravant sa peur et prenant des risques inconsidérés. Elle avait abandonné son ambulance et cherché Colin sur le front ; plusieurs soldats s'étaient étonnés de la présence de cette femme rousse sur le champ de bataille, qui esquivait le sifflement des balles ennemies dans une danse de défi à la mort. Elle était devenue une légende dans l'armée. Chacun disait l'avoir vue courir dans la boue, sa chevelure de feu libre, certains affirmaient qu'elle les avait aidés et ramenés jusqu'à son ambulance, d'autres prétendaient qu'elle avait déposé un baiser sur le front de chaque blessé. La vérité, Caroline la tient de la bouche de Colin. Marguerite avait reconnu son fils gisant dans son sang et dans une mare de boue. Elle avait couru vers lui, lorsqu'une balle lui avait perforé le cœur. Elle s'était écroulée, et avait rampé vers le corps de Colin qui lui aussi faisait de même. L'intensité de leurs regards leur avait donné la volonté de s'approcher l'un de l'autre, à bout de forces. Marguerite n'était pas arrivée à faire le dernier mètre qui la séparait de son fils. Colin avait alors tendu le bras pour lui effleurer la main, et juste avant son dernier soupir, elle avait pu l'entendre l'appeler Maman pour la première fois. Pour Colin, Marguerite fut une héroïne de guerre, et sa légende se propage encore.

— Maman, on y va…

Madeleine pose la main sur l'épaule de Caroline, elle est devenue une belle fillette de dix ans, bien dans sa tête, sûre d'elle et facétieuse. Elle est désormais très complice avec sa grand-mère. Ce trio de trois générations féminines s'entend à merveille.

— Attends, encore deux minutes ma chérie, j'ai quelque chose à faire.

Caroline creuse un trou dans l'herbe du parc sous le Sacré-Cœur, et, exactement à l'emplacement où, avec Maguerite, elles s'étaient fait leur cadeau de jeunesse, elle enfouit son briquet ouvragé. Elle se relève, regarde le ciel et murmure :

« Paix à ton âme Marguerite, je t'aimerai toujours. »

– FIN –

REMERCIEMENTS

Merci à Maïté Ferracci pour sa fidélité et ses bons conseils pour mener de front plusieurs projets d'écriture.

Merci à Marie Barlois pour sa relecture bienveillante et enrichissante.

Merci à Margaux Russo pour sa ténacité et sa confiance.

13863

Composition
NORD COMPO

Achevé d'imprimer à Barcelone
par CPI Black Print
le 5 juin 2023

Dépôt légal juin 2023
EAN 9782290390153
OTP L21EPLN003502-559857

ÉDITIONS J'AI LU
82, rue Saint-Lazare, 75009 Paris

Diffusion France et étranger : Flammarion